Royal Kiss Label

国王陛下と薔薇の寵妃

～身代わりの花嫁～

橘かおる

JN287278

JULIAN
a day in the life

この物語はフィクションであり、実在の人物・団体・事件等とは、いっさい関係ありません。

グラース・ローゼンヴェルト
若きストーバル国王。
父王を追放し実権を握った為、
残酷王と称されている。
国王陛下と薔薇の寵妃
～身代わりの花嫁～
エマ・オブライエン
オブライエン公爵家の一人娘。
王女の身代わりとして
ストーバル国王へ嫁ぐことに。
人物紹介

イラスト・龍　胡伯

Contents

敗戦による降伏の報《しら》せは早馬で知らされた。

軍は四分五裂、派遣軍司令官の王太子は捕らえられ、ほかにも多くの兵たちが虜囚《りょしゅう》の身となった。

エマ・オブライエンは、国王の妹を母とし、名門オブライエン公爵家の一人娘として生まれた。が、数年前に父公爵が亡くなり、現在は母とともに実家に戻っている。

実家、すなわち国王家だ。

離宮の一つを住まいとして与えられ、母は王家の一員として公式行事に参加している。

「あなたは国王の姪、王族の自覚を持ちなさい」

母にそう言われても、エマ自身は公爵の娘としての意識しかない。父公爵も生前はエマを可愛がりまさに溺愛されて育った。今でも父のことは大好きだ。

もちろん母からもたっぷり愛情はもらっている。

そんなエマに「王家の一員」としての義務が生じたのは、それから間もなくのことだった。

敗戦の後始末でフローレンス王国とストーバル王国の間に何度も使者が往来し、和睦の条件が話し合われた。和睦といっても実際は敗北だから、領地の割譲《かつじょう》、関税率の軽減、賠償金等々、厳しい条件を突きつけられる。

捕虜返還については、捕虜のそれぞれが今後ストーバルとは戦わないという誓約書にサインすること、破れば次に捕らえられたときは即死刑とする、そして士官たちは、その上でさらに身代金を払うなどの条件を付けられた。無論それも呑むしかない。

ただし、司令官だった王太子は、そのままストーバルで人質となり捕虜生活を送るものとされた。ストーバル側はフローレンスの誠意を疑っている。戦わないという誓約書をただの紙切れにしないための保証が、王太子だというのだ。

さすがにこれは受け入れがたく、国王の厳命を受けた特使が必死でストーバル側を口説いたおかげで、王女が嫁《とつ》ぐことで王太子帰還になんとか目処がついた。嫁ぐといっても実質は人質、果たして花嫁として遇されるかどうかはわからない。

ストーバル側が応じた理由は、王太子を自国にとどめることで、将来的にフローレンスに後継問題が勃発し争乱状態になりかねないと見たからだろう。

王太子の妹、王女ハリエットは痩せて青ざめた顔で、「行きます」と即答した。王女としての自らの責務を心得ていたからだ。

しかし彼女は生まれたときから身体が弱く、今でも何かあるとすぐに体調を崩す。環境の激変する異国に嫁いだりしたら、命の保証はできないと医者に宣告された。ハリエットの覚悟を皆が称賛したが、さすがに死ぬこと前提で嫁がせることは、国王夫妻も忍びがたい。

どうしたものかと困り果てていたところに、決然とエマが志願した。

エマは従姉妹《いとこ》としてハリエットと親しくしており、彼女の身体が弱いことをよく知っていた。

一方自分は本当は公爵の娘だけれど、表向き母から王女の身分を受け継いでいる。だから自然に身代わりになろうと思いついたのだ。

ほかの条件ではストーバルは納得しないだろうし、ハリエットが万一異国で客死したら、また戦争になりかねない。王太子も戻っていただかなくてはならないし。そのために自分が役立てるなら本望だ。

「わたしが参ります」

若々しい顔に強い決意を浮かべたエマのそのときの姿を、居合わせた廷臣《ていしん》たちは、神の使いのように感じた。

確かに、不退転の心を現すかのようにきっと唇を引き締め、輝く緑の瞳は麗しいエメラルド、肩に靡《なび》く豊かなプラチナブロンドは光に映え、王女としての煌びやかな正装に身を包んで現れた彼女は、息を呑むほどに美麗だったのだ。

「しかし、しかし……」

狼狽する国王に、エマはしっかりと告げる。

「ハリエットを行かせるわけにはいきません。わたしの大切な従姉妹がもし異国で病死でもしたら、たちまちフローレンス中が沸き立ちます。戦争に突入しかねないでしょう。それは王家の者として絶対に避けるべきです。また一方、王太子様にはお帰りいただいて、この国の未来を支えていただかなくてはなりません」

「……だが、花嫁とはいっても実際は人質扱いだぞ。しかもストーバルの国王は残酷王と呼ばれるほど気性が荒く、敵には容赦《ようしゃ》しない男だそうだ」

「わたしは敵ではありませんもの。大丈夫ですとは言えませんが、頑張るとはお約束します。ご存じでしょう？　わたしの祖母《そぼ》がストーバル人であること。小さい頃はよく行き来していました。ストーバル語も話せます。国王陛下にもあちらの皆様にも気に入られるよう努めます。わたしは犠牲になりに行くのではありません。友好の証として、幸せになりに行くのです」

宣言し胸を張るエマに、感嘆の声が漏れる。それでもまだ躊躇《ためら》う国王に、付き添ってきた母が口添えする。

「陛下、エマも王家の一員です。責務は心得ております。どうか行けとお命じください」

きっぱりと言い放つ。

「すまない。そしてありがとう、エマ。そなたの献身は、生涯忘れぬ」

一同の前で国王が頭を下げ、さっそく御前会議が開かれた。そこでエマの申し出が検討された結果、ストーバル側が納得するなら、ハリエットの代わりにエマを送ることに決する。

ストーバル側は、王家の人間で人質としての価値があるなら誰でもいいようで、しばしの調査のあとで承諾の返事を寄越した。その分、花嫁として遇《ぐう》されるのかどうか、ますます疑いが強まる。が、それはもう成り行きに任せるしかないということで、エマの輿入《こしい》れが決まった。

嫁入り道具の豪奢なドレスの数々を短時間で仕立てるために、お針子たちが動員される。彼女たちもエマの心意気に打たれて、懸命に頑張ってくれた。見事な調度品や身の回り品も、ぞくぞくとエマの元に届けられる。

「こんなに贅沢な品、わたしには分不相応だわ」

そう思っても、国のために見知らぬ相手に嫁ぐ自分への精いっぱいの気持ちだと思えば、断れない。

いよいよ出発の日がやってきて、国王夫妻、そして自分の母に挨拶《あいさつ》をすると、エマは旅立った。

エマは窓から眺めながら、自分が行くことにしてよかったと心から思ったのだった。この国と純朴《じゅんぼく》な国民を守る義務が、自分たち王族にはある。その役目を果たすことができるのだから。

どんよりとした曇り空が続く中、婚礼の馬車は、数日かけて国境に到着した。ちょうど国境に当たる川の真ん中の中州に、仮の御殿が建てられている。

そこに王太子も連れて来られているはずだ。

御殿は中で半分に仕切られ、エマがストーバル側に足を踏み入れたときに、王太子もフローレンス側に戻ってくるという手順が決まっている。

フローレンス側の控え室で、淡いピンク色の華やかなドレスに身を包んだエマが座って、刻限が来るのを待っていた。側には誰もいなくて一人だ。

白い手袋を嵌めた手で、そっと胸を押えた。あと少しで自分はストーバルに引き渡される。

「いいえ、そんなふうに考えては駄目《だめ》。わたしはお嫁に行くのだから」

そう言い聞かせながらも、心臓の鼓動はかなり早い。自ら進んでこの場にいるのだけれど、不安がないわけではないのだ。

嫁ぐ相手が残酷王と呼ばれている。

ストーバル国王グラース・ローゼンヴェルトは二十六歳。十八歳のとき、弟を殺し敵対していた伯爵家の一族全て殺し尽くして、王位に就いた。父親は彼に追われて退位し、失意のうちに死んでいる。

どんな事情があったかは知らないが、血の繋がった弟を殺すなんて恐ろしい。血塗られた手を持つ人、という印象だ。

エマは俯《うつむ》きそうになる顔をきっと上げた。今さら覚悟なんて。わたしはもうここにいるのだし、引き返すことはできない。なんとかやっていかなくては。

合図の鐘の音が聞こえ、エマははっと視線をドアに向けた。

両開きのドアがするすると左右に開いて、廷臣たちが現れる。フローレンス側は美麗に整った制服を着て、ストーバル側は極力飾りを廃した質実剛健な印象だ。

ストーバル人の女官が前に進み出てきた。

「ストーバルにようこそ。わたくしは、殿下付きの女官頭を務めさせていただきますクレメンスと申します」

硬い声で女官頭が声をかけてくる。年配の気難しそうな女官だ。

「ありがとう。これからよろしくおねがいします」

挨拶を返すと、クレメンスの目が僅《わず》かに見開かれた。見知らぬ場所にやってきたエマが、こんなに落ち着いた態度を示すとは思ってもいなかったのだろう。

「こちらへ」

クレメンスに導かれて歩き出す。後ろから従おうとしたフローレンス側の女官たちが、ストーバルの兵に行く手を塞がれた。

「入国を許されるのは、小間使い一人のみです」

「そんな！」

乳母が悲鳴のような声を上げ、従ってきた廷臣たちも抗議したが、聞き入れられなかった。エマは自分も内心心細く感じながら、皆を制す。ここで騒ぎを起こしたのでは、何をしに来たのかわからない。

「わたしは大丈夫だから、皆従って」

宥《なだ》められて、女官たちそして廷臣たちがしぶしぶ立ち止まる。

「お母様に、エマは元気で嫁ぎましたと伝えてね」

言い置いて、くるりと背を向ける。煌々と照らされた通路を奥に向かって進んだ。やがて、国境を示すゲートが見えてきた。友好を宣伝する意味もあるのか、花綱で飾られている。そのゲートが開いた。

王太子がこちらに向けて歩き出し、エマも歩みを進める。ちょうどゲートで行き違うように、周囲を囲むストーバル側の付き人たちが歩く速度を調整した。

ゲートの真ん中で王太子が足を止める。

「ありがとう、エマ。そなたの献身は、決して忘れない」

王太子は万感の想いを込めた言葉を告げると、騎士の正式な礼を取って膝をつき、エマの手に口づけた。

「まあ、そんなことなさらないでくださいませ。お元気そうな王太子様にお会いできて嬉しく存じます。それでは、ごきげんよう」

胸に迫る思いをぐっと呑み込んで、エマは前を向く。ゲートが遠ざかり、フローレンスと決別した。泣きたいほど切なかったが、もう周囲はストーバルの人員で固められている。そこで感情を露わにすることなどできなかった。

それに、志願してついてきてくれた小間使いのエミリが、心細そうに小さくなっているのを見れば、彼女のためにもしっかりしなければと自らに言い聞かせる。

用意された部屋に通されて、また大きな衝撃を受けた。着ていた総レースの華やかなドレスを、ストーバル風のすっきりとしたラインのドレスに着替えさせられたのだ。

「ストーバルの国風に合いません」という理由で。

ストーバル人の女官たちや侍従たちの制服を見れば、フローレンスの衣装が華やかすぎるのだということは理解できる。が、フローレンスを偲《しの》ぶ縁さえ取り上げられてしまうのは辛かった。おそらく花嫁道具として持ってきた衣装や調度類も、返されてしまうのかもしれない。

懸命に揃《そろ》えてくれた母が、きっとショックを受けるだろう。

しかし、飾りは少なくても洗練《せんれん》されたデザインのストーバルの衣装は、すらりとしたエマに似合っている。決して粗末なドレスを宛《あて》がわれたわけではなかった。

わたしも今日からストーバル人、こちらの国風や習慣に慣れなければ。

建物から外に出ようとしたときだ。

それまでずっと曇っていた空から、いきなり雨が振り出した。ところが、ものの数分で激しい雨は止み、みるみる青空が広がていく。そして七色の虹が天空いっぱいに現れた。爽やかな風が重苦しい気分まで吹き飛ばしてくれる。まるで奇跡のような劇的な変化だった。

エマも虹に見惚れた。まるで前途を祝福してくれているようではないか。挫《くじ》けそうだった気力はあっさりと回復し、頑張らなくてはと小さく拳を握る。

ストーバルの大地に軽やかな気持ちで第一歩を刻み、用意された馬車にエミリと二人乗り込んだ。ストーバル王国の首都はここからまた数日の旅だ。

その旅の間、エミリと一緒の馬車だったのはありがたかった。

「よく志願してくれたわ。ありがとう」

「そんな。わたしが姫様のお側にいたいだけですから」

最初は遠慮勝ちに座っていたエミリも、エマが気さくに話しかけたので、旅が終わる頃には打ち解けて笑顔になることも多くなった。

「これからも仲良くやっていきましょうね。わたしたちは二人きりになってしまったのだから」

エマの言葉に、エミリも大きく頷いた。

「必ず姫様のお役に立ちます」

「ありがとう。でもそんなに気負わないで」

ようやく首都に到着する。馬車は首都の門をくぐり抜けまっすぐ王宮に入っていく。

住まいは南宮に用意されていた。広い庭を持つ豪華な建物で、煌びやかな内装外装に驚かされる。壁や天井はパステルカラーを基調とし、金の花綱文様で華やかに装飾されていた。長椅子《いす》や椅子、箪笥《たんす》、書き物机、ドレッサー、ベッドなどは全て特注品で意匠《いしょう》を揃えてある。肘掛けや背凭《せもた》れの枠、脚などには金箔《きんぱく》が貼られ、座面は深紅のビロード張りだ。

この格式なら、王妃や王太子が住むところといってもいいくらいだった。庭もよく手入れされ、全体として住みやすい居心地のよさそうな場所だ。

花嫁ではなく人質だったとしても、そんなに悪い待遇ではないと安心する。下手をしたら、貴族用の牢獄に監禁されて過ごすことになるかもと覚悟もしていたのだ。

自分の置かれた立場がよくわからないから落ち着かないが、そのうちはっきりしてくるだろうから焦るまいと自らに言い聞かせる。

◇◇◇

ストーバル国王グラース・ローゼンヴェルトは、フローレンスの王女が間もなく到着するという報告を受けて頷いた。ただの人質に興味を持つほど暇ではない。適当な所へ入れておけと侍従長に命じてそのままにしていたところ、到着後に「南宮」に入っていただきましたと言われ、眉を跳ね上げた。

「そこは王妃宮だろう」

厳しい表情を作ると、歴戦の勇者でも震え上がるという覇気を纏《まと》うグラースだが、傅育《ふいく》係も務めた侍従長は動じなかった。

「もともと花嫁としていらした方ですし、南宮は王妃宮と言われるように安全を重視した造りで周囲から隔離されていますから、いろいろと好都合かと思われます」

澄《す》まして言うところが、侍従長の曲者なところだ。監禁に最適ですと告げているも同然。

確かにその通りで、クーデターの多いストーバルでは、王妃も度々暗殺されている。そのため南宮には、過剰なまでの安全策が取られていた。要塞に等しい堅固な建物であると同時に、中に入るのに何重にもチェックされる。

つまり、逆に出ていくのも簡単ではないということだ。

「しかし、……」

南宮の庭の一部は、亡き母が丹精した薔薇園になっている。ただの人質にうろつかせたくない。

「薔薇園には塀を巡らせました。広いので、そこまでおいでになることもないでしょう」

少し考えて、グラースはそれならいいと許可した。薔薇園に近づきさえしなければ、確かに南宮は人質を閉じ込めるのに便利な宮だった。

◇◇◇

最初エマは女官のクレメンスから、南宮は王妃となった方が住まうところです、と聞いたので、もしかしたらストーバル側はそのつもりかと思った。しかし日が経つと、やはり人質だとわかってきた。

もちろん、どんな立場であろうと受け入れるつもりではあるが、一日中、何もすることがない。訪問者もなければ呼び出しもない。移動が許されるのは南宮内のみ。そして広々した庭も半分くらいは立ち入りを制限された。

一番堪《こた》えるのは、ストーバルからつけられた女官が四六時中側にいて、黙ったままじっとこちらを見ていることだ。ストーバル語で話しかけても、その問いに短い返事を寄越《よこ》すだけ。

いつ国王陛下にお目にかかれますかと聞いても、ほかの何を聞いても返事は「存じません」だ。ストーバルのことを知りたくても何もできない。彼女たちの目があるから、エミリとほとんど会話を交わすこともできなかった。

朝起きて、エミリに手伝ってもらって洗顔をし着替えをする。日々着るドレスは、全部ストーバルで縫製《ほうせい》されたものだ。エマが危惧《きぐ》したように、フローレンスから持ち込んだものはすべて送り返されてしまった。

その代わりに与えられたのは、ストーバル風のドレス類。

フローレンスで誂えた衣装は確かに華美で、この国の気風に合わないというのはわかるから、ここは自分が慣れなければ仕方がない。すらりとしたエマには、シンプルなこちらの衣装の方が似合うというのは皮肉だ。

何もすることがないエマは、なんとか前向きに捉《とら》えようと、行動の許された読書や刺繍《ししゅう》、楽器の練習、詩を書くなどして自らの研鑽《けんさん》に勤《いそ》しんだ。それでもまだ時間は余るので、この国の歴史を学ぼうとクレメンスに適当な本を見繕《みつくろ》ってくれるように頼んだ。

知識は書物に頼ろうと考えたのだ。

たちまち数冊の本が、エマの元に届けられた。厚みのある本格的な本から、読みやすそうな歴史書も取り混ぜてある。

「隣国なのに、知らないことばかり」

特に驚いたのはストーバルの内戦の多さだ。しょっちゅうクーデターで王位が覆《くつがえ》されている。弟が兄を殺し、叔父《おじ》が甥《おい》を殺している。息子が父を追放したこともあった。王家の血筋は辛うじて続いているものの、これでは親兄弟でも信じられなくなる。身内を警戒しなければならないなんて……。

フローレンスではどの王のときもほぼ平穏に過ぎていた。穏やかな気候のなか、あまり人と争わない温厚な国民性が培《つちか》われたのだろう。だから今回の争いでも負けたのかもしれない。主張していた鉱山の権利は、ストーバルのものとなってしまった。

だがそれで納得できることもあった。南宮の建物の堅固さと厳重な警備の理由だ。政変のたびに王妃や子女たちも犠牲になってきたから、彼らを守るためにそうなったようだ。

近年では、現国王グラースの母親も暗殺されていた。彼自身も弟を殺し父を追放している。

「十年前なら、ストーバルを頻繁に訪問していた頃だわ。周囲が騒がしかったのをなんとなく覚えているもの」

父方の祖母の具合が悪くて、実家で療養していた彼女の元を、父と共に訪れた。祖母はエマを可愛がってくれたから、お見舞いに行くのは決して苦ではなかったが、青ざめて元気のない彼女の姿に、小さな胸を痛めたものだ。

「結局そのときの病で亡くなってしまわれたのだけれど」

そんなに悪いとはさすがに思っていなかったから、お見舞いの合間に従兄弟や従姉妹たちと遊んだ記憶もある。フローレンスではありふれている緑の瞳がこちらでは珍しいと、さんざんかまわれて、それが厭《いや》で隣家の庭に逃げ込んだこともあった。

「そういえば、その庭で年上の少年に会ったんだったわ」

迷い込んだ庭で、咲き誇っていた美しい花々に歓声を上げ、自分が不法侵入をしていることも忘れて夢中で眺めていたときだった。片方の腕を怪我した少年とばったり出くわした。

最初はお姉さんかと思ったのだ。花よりも綺麗な顔をしていてドレスを着ていたから。でも、追われて逃げてきたと呟く声は低くて、お兄さんだとわかった。

化粧を落とせば、きっと凛々《りり》しい顔立ちだったのではないかと思う。

『どこへ行った、逃がすな』

そんな声が聞こえてきて、びくっとしたお兄さんを庇おうと咄嗟《とっさ》に行動していた。

動かないでねとお兄さんをその場で蹲《うずくま》らせ、髪飾りをもらって頭につける。自分の背は、少年が前屈みで移動したらそれくらいと錯覚させる高さだったから、追っ手はこちらを追いかけてくるに違いないと考えたのだ。

『何をする気だ。危ないからよせ』

と止められても、いいからと手を振って声のする方に駆け出した。怖いという感覚はなかった。隠れんぼのつもりで、きっとうまく隠してあげるとわくわくしていた記憶がある。

自分の鼻先に、ぎらりと光る剣の刃先を突きつけられるまでは。

『ちっ、人違いだ。ただのガキだぜ』

『おい、その髪飾りはどうした』

剣呑《けんのん》な声と態度に怯《おび》えながら、もらったとか細い声で答える。

『そいつはどこへ行った』

エマは震えながら指差した。少年のいるところとは反対側の方向を。

男たちは喚《わめ》きながらそちらに走っていき、エマは恐怖からしばらくその場で固まっていた。

ようやく気を取り直して元の場所に戻ったら、もう少年はいなかった。

少年が誰だったのか、当時も今もわからないままである。エマが握り締めていた彼の髪飾りだけが、あれが実際の出来事だと示していた。

その後祖母が亡くなり、ストーバルに行くこともなくなった。

「思えば不思議な縁なのだわ」

ほうっと吐息を零《こぼ》しながら、我に返った。やりかけていた下手な刺繍を見て苦笑する。

女性らしい手作業がエマは苦手だ。好きなのは植物を育てること。小さい頃から花が好きで、自分の植木鉢を抱え込んでいた。土で手を汚すなんて王家に連なる娘にあるまじき趣味と母に言われたものだった。

「そうだわ、庭の片隅にささやかな花壇を作らせてもらえないかしら」

刺繍も楽器の演奏も読書もひととおり済ませてしまった。歴史の本はまた折々に読むとして、何か身体を動かしたい。ストーバルにない、珍しい花もあるかもしれない。ここで花を植えたりしたら、フローレンスの王女は変わっていると言われるかもしれないが、聞くだけ聞いてみようと決めた。

庭の半分は入ることを禁じられているけれども、それでも十分な広さがある。花を植えて育てていれば、時間を持て余すこともないはずだ。

どこか空いた場所はないか、早速庭を見て回ることにした。

エマが立ち上がると女官たちもついてくる。絶対に一人にはしてくれないようだ。

それでも室内に籠もっているより外がいい。そして、外歩きに慣れたエマのスピードと持久力が、女官たちに悲鳴を上げさせた。

「殿下は足がお速いのですね」

息を切らしながら言われて、エマは「え？」と振り返る。確かに、従う彼女たちと距離が開いている。

「もっとゆっくり歩いたほうがよかったかしら？」

「滅相《めっそう》もございません」

女官は若い者ばかりではなく、現実として活発なエマにはついていけない。

結局妥協策としてエマが庭を散策するときは、ついていかないことになった。その代わり、そのときだけ庭の立哨《りっしょう》を増やす。

そう聞いて、これって怪我《けが》の功名《こうみょう》かしら、とエマはそっと微笑んだ。期せずして一人きりの時間が持てる。歩き回ってもいいし、ベンチに腰を下ろして花を観賞してもいい。目の届く範囲に女官がいないという解放感は久しぶりだった。

それからは、天気のいい日は庭に出るのが習慣となり、あちこち歩き回って庭の隅々まで見て回った。庭師たちの丁寧な手入れで季節ごとに花が楽しめる。ただ残念なことに庭はテーマごとに整えられていて、その一部を借りてエマが自分の花壇を作るのは難しそうだ。

無理を押して、計算して精緻《せいち》に配置された庭の調和を乱すのは気が引ける。

南宮の庭師頭ゴルムと言葉を交わして、園芸に関して知らなかったことを教えてもらえるだけで満足すべきなのだろう。

その日は足を伸ばして奥まった場所まで来たところで、いきなり雨が降り出した。慌てて高い塀に沿った小道を走っていると、前方に扉が見えてきた。扉の上部に僅かばかりの庇《ひさし》がある。

「塀の向こうには行ってはいけないと言われたけれど、あの庇で雨宿りするくらいならいいわよね」

そこを目指して走りながら空を見上げると、雨雲は凄い勢いで移動していてそのあとには青空が広がっている。少し待てば雨も上がりそうだ。

庇の下に辿り着き身を縮めてなんとか雨を避ける。ハンカチを取り出して、濡れたところを拭っていると、うっかりよろけて扉に凭れかかってしまった。

「きゃっ」

そのまま後ろに転びそうになってなんとか踏《ふ》み止《とど》まる。扉に鍵《かぎ》がかかっていなかったのだ。どうしようと焦《あせ》って閉めようとしたとき、ふと内部に視線が引き寄せられる。

「何、これ……、凄いわ」

驚いて、閉めるつもりがさらに大きく開けてしまった。そこは目も綾《あや》な大小様々な薔薇が咲き誇る、美しい薔薇園だったのだ。

目は薔薇に釘付けになり、入ってはいけないと言われたことなど頭から吹き飛んで足を踏み入れる。花から花へうっとりと鑑賞して回った。ときには鼻を近づけて匂《にお》いを嗅《か》ぎ、心を奪われてほうっと吐息を零す。

いつの間にか雨が止んでいることにも気がつかない。

「なんて素敵なの」

見惚れながらどんどん奥に進むと、そこだけまた人が勝手に入らないように柵がしてあった。覗き込むと、咲いていたのはシルヴィローズ。銀色を帯びた純白の、大輪の花だ。なかなか花が咲かず、幻の花と言われている。

「……シルヴィローズが咲いてる……」

無意識に手を伸ばして触れようとして、花の向こう側からこちらを睨《にら》んでいる庭師と目が合った。手入れをしていたのだろう、手袋をした大きな手に剪定鋏《せんていばさみ》を握っている。

「きゃっ」

思わず首を竦《すく》めてしまった。それまでの夢見心地が一瞬で醒《さ》め、自分が不法侵入者であることをまざまざと意識する。

「どこから入ってきた。ここには入ってはいけないと言われているはずだ。去れ」

厳しい叱咤《しった》にさらに縮こまる。が黙っていては不審者にされてしまうと、つっかえながらも入り込んだ事情を説明した。

「ごめんなさい。ちょっと雨宿りさせてもらうだけのつもりだったの。でも鍵が開いていて薔薇の花が見えてしまったので、つい……。でも本当に素晴らしい薔薇園ね。特にシルヴィローズが咲いているなんて感動だわ。あれは手入れが難しくて、簡単には咲いてくれない花なのに。わたしも失敗したし。……ほんと、何がいけなかったのかしら」

出ていくと言いながら喋《しゃべ》り続けたのは、薔薇がとても綺麗だったこと、そしてシルヴィローズの花が咲いているのを見た感動を、一言でも伝えたかったからだ。

しかし、ずいと進み出てきた庭師は大柄で、麦わら帽の陰ではっきりとは見えないながら威圧感溢《あふ》れる厳しい表情を浮かべているとは想像がついた。思わず一歩後退る。入るなと言われたところに入ってしまった自分が悪い。

「ごめんなさい余計なお喋りだったわね。すぐに出ていくわ」

そう言って引き返そうとしたとき、雲間から太陽が顔を出し、正面からエマの顔を照らした。その瞬間、庭師の気配が変わる。

「緑の、瞳？」

庭師が不思議そうに呟《つぶや》いた。緑の瞳はフローレンスでは多いけれど、ストーバルでは珍しいからだろう。

「あの、わたし、フローレンスから来たの。そこの南宮に住まいをいただいていて。怪しい者じゃないのよ」

懸命に自己弁護する。

「……ドレスを着るような娘が庭仕事をするとは思えないが」

「でも、わたしはしていたの。お母様にさんざん叱られたけれど」

眉を寄せて不満そうに告げると、庭師を包む空気が少し和《やわ》らいだ。

「貴族の娘がする趣味ではないからな」

「そうなのかしら。でも種から育てて綺麗に咲いてくれたときは、本当に嬉しいわ。水やりの頻度や肥料をどれくらいとか自分で考えたり本で調べたり、庭師にも助言してもらったり……」

「……土壌だ」

エマの言葉をぶった切るようにしてぼそっと庭師が言った。

「え？」

「シルヴィローズが咲かなかった原因。この花はストーバルが原産だ。この国で咲くのは当然だろう。フローレンスで咲かなかったのは土壌改良の失敗だ」

そう言ったあと、庭師は窒素、リン酸、カリウムのバランスについて述べ、土壌を改良するには石灰の肥料が有効であると続けた。そう言いながらエマが理解しているかどうか、用心深く窺っているように見える。

この庭師は疑り深いのかもしれない。あるいはただ単に、貴族の娘が庭いじりをするのが信じられないのかも。

エマは実際に土を触ってきたので、庭師の話すことはちゃんとわかった。だから庭師の話の中にあった嘘をさらりと暴いてみせる。

「あらおかしいわ。石灰には肥料はほとんど含まれていなかったと思うけど？」

庭師の口許がほんの僅か緩んだ。ずっと顰めっ面だったから、それだけでも雰囲気ががらりと変わる。

「土壌の成分を把握しているとは、なかなかだな」

やはり試されていたようだ。

あらためて庭師を見ると、帽子の下の顔は意外に若くて、二十代後半のような印象を受ける。それに鼻筋が通り男らしく引き締まった顔に思わず見惚れてしまった。

きつく引き結んだ唇が少し緩むと、謹厳《きんげん》な表情が一変して艶《つや》が滲《にじ》む。それを隠すためにわざと厳しい表情を保っているのではと疑ってしまうほどだ。

それに瞳が……。とても印象的な琥珀《こはく》色をしている。

うっかり目を奪われた自分が恥ずかしくて、エマは慌てて視線を伏せた。

「と、とにかく、シルヴィローズには土壌改良が必要なのね。配合の割合はどれくらいなの？」

話を逸らそうと早口で問いかける。

「割合は秘密だ。農作業をする者や庭木の手入れをする者は、自分なりの配合比率を持っている。それを簡単に明かしたりはしない」

「そうなの？」

フローレンスで庭師と話したときに、秘密だなどと言われたことはない。この庭師は意地悪だとちょっと思った。がすぐに、そんな思い込みは駄目だと自らを戒《いまし》める。

フローレンスでの自分は、王家と縁のある公爵令嬢だったから、庭師も秘密にすることなく話してくれたのだろう。一方ここではただの不法侵入者だ。

「残念だわ。でも自分で何度も試してみれば、そのうち自分なりの配合比率が掴《つか》めるかも」

「ここで庭仕事をするつもりか」

庭師が驚いたように言う。それが庭師の職分を侵す気かと咎《とが》めているように聞こえたので、エマは慌てて頭を振った。

「したいと思って庭に空きがないか探したんだけど、どこも綺麗に整えられていたから、調和を崩しそうで、造らせてくださいって言えなかったの」

本当に残念そうに告げたからだろう、庭師が何か考えるような風情になった。そのくせ視線はずっとエマに向けられている。特に緑の瞳に。話している間もずっとこの瞳が気になるようだった。

さすがに睨むように見られれば落ち着かない。視線を躱《かわ》すためにすっと腰を屈めて、近くの花を見始めた。最初は躱すためにしたことなのに、すぐにその美しさに夢中になる。

「ああ、本当に綺麗。香りも上品だし」

ドレスが汚れないよう手で押さえてしゃがみ込むと、柵の間から花や蕾、葉っぱの状態などを観察する。どの部位も生き生きしていて見事だ。

「自分で咲かせたらどんなに素敵かしら」

はあっとため息をついたときだ。

「ゴルムに言って場所を空けさせよう。裏庭の僅かな部分なら邪魔にはなるまい」

庭師の言葉に思わず立ち上がって反論していた。

「そんな駄目よ。南宮の庭は、ゴルムが丹精込めて大切にしているところなのに、素人の拙《つたな》い庭で台無しにしたくないわ……って、ゴルムは庭師頭なのにあなたが勝手に決めていいの？」

南宮の庭師頭ゴルムはかなりの年だ。その下に大勢の庭師がいて、指図に従って庭の手入れが行われている。この庭師も、年齢からいったらゴルムの配下のように見えるのだが。

庭師が淡々と答えた。

「私は王宮全体の管理を任されている」

「え、そうなの!?」

エマから見たゴルムは、緑の手を持っているように見えるほど植物の扱いが巧みだ。そのゴルムに指図できるなら、この庭師にはもっと素晴らしい技術があるに違いない。

この人に花の手入れなどで助言してもらえないかしら、どう頼んだらいいのか、などと考えていると、庭師が何か呟いた。

「それにしても庭師頭の名前を知っていたとは」

はっきり聞こえなかったので、何？　と顔を上げたら、琥珀色の瞳と正面から目が合ってどきりと心臓が跳ねた。

「なんでもない。花壇の調和を乱したくないなら、乱さない庭造りを心がければいいことだ」

「それができれば……」

いったんはぼやいたものの、すぐにこれは一つのチャンスだと気がついた。自分の花壇を持てて、この庭師に指導を仰ぐこともできる。

「あのっ、だったらあなたが教えてくれる？」

胸の前で指を組みながら訴えると、なぜか庭師が目を見開いて見詰めてくる。

「……私が怖くないのか」

「怖い？　どうして？」

　意外な言葉に驚いていると、庭師が言葉に詰まりながら答えた。

「その、私の見た目が厳めしいからだ。身体は大きいし眼光が鋭いと昔から言われていた。見ているだけなのに睨んでいるように見えるらしい」

「最初咎められたときは怖かったけれど、こうしてお話ししてみれば別に。それにとっても綺麗な琥珀色の瞳で、ずっと見ていたいわ」

　思った通りに答えると、庭師はじっとエマを見た。確かに睨まれているように感じられる鋭い視線だ。そして、はたと気がついた。自分はここへの不法侵入者にすぎず、そんな相手からの頼みは図々しいだけではないか。睨まれるのが当然なのだ。

「ごめんなさい。すぐに出ていくと言いながらうっかり話し込んだばかりか、厚かましいお願いまでしてしまって。もうこちらに来ないように気をつけるわ」

　焦って身を翻《ひるがえ》そうとしたら、庭師に引き留められた。

「かまわん。こっそりと来るなら今後も黙っていてやる。ここは王妃の薔薇園だから、部外者の立ち入りは硬く禁じられているのだ。ストーバルの者でもな」

　エマは目を瞠《みは》り、次の瞬間零れんばかりの笑顔を浮かべて礼を言った。

「ありがとう。では時々来させてもらうわ。で、あの、あなたはいつもここにいるの？」

「いや、仕事はほかにもあるからいつもいるわけではない」

「そうなの。だったら来ても入れないこともあるのね」

しゅんと項垂《うなだ》れた様子がおかしかったのか、くすりと笑い声が聞こえた。え？　と見上げると、庭師は確かに笑っていた。

「まあ来てみるんだな。いるときはさっきのドアを開けておく」

笑みを含んだような声で庭師が言い、エマは気を取り直した。この見事な薔薇をまた見れるだけでも嬉しいわ。それに散歩の途中にいつも覗くようにすれば、会えるチャンスも増えるというもの。

「ありがとう、通ってみるわ」

元気を取り戻して笑顔で頷くと、庭師がまたエマに視線を据えた。強い眼差しだが睨まれているとと感じるものではなかった。

「それではまた。ごきげんよう」

手を振り、意気揚々とドアを潜る。ちらりと振り返ると庭師はもうこちらに背を向けて、シルヴィローズの上に屈み込んでいた。楽しかった気分が少し翳《かげ》ってくる。なぜかしら。見送ってほしかったのな……って、それって変だわ。

首を傾げながら、でも明日からのことを思うとすぐに気持ちは浮上した。

薔薇たちに逢える。そしてついでにあの庭師にも。庭師頭のゴルムと同様、いろいろなことを教えてもらえそうで胸が高鳴った。

嬉しい驚きは次の日の朝食のときにあった。食後のお茶を飲んでいるとき、クレメンスがこほんと咳払いして告げる。

「お庭に出られたらすぐにゴルムに会うよう指示が出ています」

「指示？」

ゴルムは仕事上一カ所にとどまっているわけにはいかない。朝一番で捕まえなければ、庭のどこにいるかわからなくなるというのだ。

食事を終えると庭歩きの服に着替え、今日は日差しがあるのでつば広の帽子を被りレースの日傘を持って庭に出て、ゴルムたちが控え室に使っている、倉庫も兼ねた大きな建物に出向く。彼らは宿舎からここに出勤し、ゴルムの指示で庭のあちこちに散らばっていくのだ。

一陣が出たら二陣の指示だ。それを済ませるとゴルム自身も担当場所に出向く。

朝の打ち合わせ時間に間に合った。遠慮がちに戸口で佇んで待っていると、気がついたゴルムが手招きしてくれた。

「おはよう」

快活に声をかけると、ゴルムが手を上げて答えた。腹の突き出た五十代の男だ。

「ようおいでなされた。こちらです、姫様」

ゴルムが先頭に立ってすたすた歩く。塔の真下にある庭に案内された。

「ここでいかがですか？」

さほど広くないスペースだ。だがエマが一人で管理するには十分だった。ただ気になるのは。

「ここ、スイートピーが植わってなかった？　あちらの花壇にも」

「そうなんですが、以前から毒性が問題になっていましてね。検討して無害なものに植え替えることになりやした。で、空いた一部を姫様にと」

薔薇園にいた庭師が尽力してくれたに違いない。礼を言わなくてはと思ったとき、庭師の名前を知らないことに気がついた。

「わたしったら。話に夢中になって名前を聞くのを忘れていたわ」

ゴルムに聞こうと口を開きかけて、薔薇園に入ったことは秘密なのを思い出す。口を噤《つぐ》みごまかし笑いをしながら、自分の管理する庭を見る。何を植えようかしらと心が弾む。

「それじゃあ、わっしはこれで。必要なものがあったらなんでも言ってください」

「ありがとう。いろいろ教えてね」

ゴルムと別れると、エマは急いで薔薇園に向かう。何はともあれお礼を言わなくては。

広い庭のあちこちでゴルム配下の庭師たちが仕事をしていたが、薔薇園のある塀の近くには誰もいなかった。

「そういえば昨日も、この辺りは閑散としていたわ。禁足地というのは本当だったのね」

とどきどきしながら扉に手をかけた。少し抵抗があって、駄目なのかと思ったらぎいっと音を立てて内側に開いた。一気に薔薇の芳香が漂ってくる。中に入って注意深く扉を閉めておく。

それから小走りに奥へ向かった。

　きょろきょろしていると、背後から声をかけられた。

「こっちだ」

　振り返ると温室の中から庭師が顔を出していた。

「温室もあったのね」

　入ってもいい？　と一応断わってから、ガラスで覆われた内部に入る。少し動けば汗になりそうなほど中は温かく保たれている。

　中は多くの段が造られていて、鉢植えの薔薇の苗が数多く置かれていた。ほとんどがまだ蕾がついてない。

「挿し木でここまで生育したものだ。もう少し成長したら定植する」

「シルヴィローズは？」

「まとめてあそこに置いてある」

　棚にはシルヴィローズが何十鉢も並べてあった。

「これ全部？」

「そうだ。ただまだ完全に根が完成していないから、その内のどれくらいが植えつけ可能になるかわからない」

「凄いわ」

「おまえの花壇に植えてみるか？」

「え!?」

庭師の言葉に振り向いて、真っ先に言わなければならなかったことを思い出す。

「そうだったわ。ありがとう！　お礼をいいに来たの。わたしの庭が用意されていて、どんなに嬉しかったか。スイートピーはちょっと残念だったけど」

「たいしたことではない。もともとあのあたり一帯は模様替えをする予定だったのだ。この国にクーデターが多いのは知っているだろう。毒性のある植物はいろいろと問題があると以前から指摘されていた」

素っ気なく言って、庭師はくるりと背を向けた。無表情だが、なんとなく照れているように感じられ、エマはそっと微笑んだ。

「それで早速相談しようと思って。まず何を植えたらいいと思う？」

「好きなものを植えればいい」

屈み込んで茶色に変色した葉を取り除きながら、庭師の返事はやはりすげない。めげずにエマは話しかける。

「そうね、だったらヒナギクとかにしようかしら。四季の花を揃えるのもいいわね」

「ヒナギクは育てやすくていいかもな」

「そうよね、庭いっぱいに咲くと本当に綺麗なの、フローレンスでもたくさん咲いていたのよ」

「相当気に入っているんだな」

グラースが微かに笑う。

昨日と今日、僅かの時間話しただけだけれど、ほぼ無表情を保つ庭師の気持ちの変化がなんとなくわかる気がする。

「植える前にまず土壌の改良だ。これまで植わっていたものを退けて均《なら》しただけだから、転地返しをして日光消毒するとか、堆肥や腐葉土などの有機物を混ぜるとかだな」

「そうか、そうよね。まず土から始めなくちゃ」

そわそわし始めたエマを庭師が促す。

「明日から天気が崩れると予報士が言っていたから、始めるなら早い方がいい」

「そうするわ」

弾んだ声で返事をしてから、エマはひらりと手を振るとドレスの裾を摘まんで走りだした。温室を出てから、あっと気がついて立ち止まり振り向く。

「そうだわ、あなたの名前は？」

庭師が虚を突かれたように動作を止める。名前を聞かれると思わなかったようだ。

「わたしあなたのことをなんと呼べばいいの？」

繰り返して、ようやく返事が返ってくる。

「グラン」

「じゃあグラン、また明日」

元気よく手を振って駆け去るエマを、庭師がやや呆れたように見送っていた。

部屋に戻るとクレメンスに、長靴と汚れてもいいように庭師たちのような服を準備してもらう。クレメンスはそんな恰好とんでもないと零しながら、嫌々というのがわかる態度で、それでも探してくれた。

ソファに座って待っていると、エミリが、くすくす笑いながらお茶を持ってきてくれた。

「エマ様、楽しそうですね」

こそっと囁《ささや》きながらお茶を淹《い》れてくれる。

ようやくクレメンスが探し出してくれたのは乗馬服だった。

なんとなくいい気分でいそいそと服を着替え、自分の庭に向かう。

平らな地面にしゃがみ込み、手袋を外して、土に触れてみた。掘り返して間なしなせいかしっとりと湿っぽい。

「これもう転地返しをしたことになるんじゃない？」

どの程度日光消毒したらいいのか。手がけたゴルムに聞くべきなのだろうけれど、エマはグランに尋ねたいと思った。もっと彼に会いたいという、密かな願いがあることにまだ気がつかないまま。

◇◇◇

「なんなんだ、あの娘は」

首を傾げながら、グラン、ストーバル国王グラース・ローゼンヴェルトはぼやいた。自分に会いに来たのだろうに、天気が崩れることを告げたら一刻の猶予もないと、あっさり帰ってしまった。自分より庭かと考えかけた自身に渋面になる。

そう思うこと自体おかしいだろう。馬鹿馬鹿しい。

昨日彼女と庭で遭遇したあとは驚きの連続だった。まず第一に、自分のことを庭師と勘違いして話しかけてきたこと。名目だけにせよ花嫁としてきたのなら、相手の絵姿くらい見ただろうになぜ気がつかないのだ。

それに、自分でもきつい目をしていると認識しているのに、恐れ気もなく顔を合わせ、綺麗な琥珀の瞳だと言ってきた。

さらに庭師と思って話してくる中に、相手を見下す様子が全く見受けられなかったこと。普通貴族階級の者は、身分の低い相手を下に見て居丈高に接するものだ。

庭にグラースを探しに来た廷臣が横柄に尋ねてきて、その庭師こそがグラースだと気がついて青ざめたことがある。尊貴な王家の娘なのに、彼女にはそれがなかった。同じ身分の知人と話すような感じで、こちらがぶっきらぼうな返事をしても気にしていないようだった。

もしかして自分が誰か知っていてわざとそんな態度を取っているのかと疑いもしたが、先ほどの態度を見れば、本当に気がついていないのだろうと思われる。

そして最後に、これが最大の驚きだったのだが、彼女がエマという名前で、緑の瞳をしていたこと。そもそも昨日までは彼女の名前も知らなかった。ただ、フローレンスから来た人質と認識していただけ。当然顔を見たのも初めてだ。

まさか緑の瞳のエマに現実に出くわすとは。

しかし、フローレンスの王族である彼女が、十年前にストーバルにいたとは想像しにくい。

それでも緑の瞳とエマという名前は、グラースに強い衝撃を与えた。

あれは今からちょうど十年前、グラースは十六歳だった。

襲撃されて、咄嗟に母と女官たちの機転で女装させられて逃れたが、やがて追い詰められ、ある貴族の庭園内に潜んでいた。もはや絶体絶命。そこへたまたま居合わせたのがエマと名乗る六、七歳の幼い少女だった。

彼女はにこっと笑って「助けてあげる」と言うと、止めるのを振り切って反対側に走っていき、髪飾りを効果的に使って追っ手を自分の方に引きつけてくれた。おかげでその隙になんとか逃れることができたのだ。

母はそのときに殺され、自分も二年間は転々と逃亡生活を送ることになった。がその後味方を集め、元の地位に返り咲くことに成功する。

首謀者は父の愛人とその庶子。王妃とグラースを亡き者にして、後釜に座ろうとしたのだ。愛人の父親である伯爵が黒幕だった。

妻を殺されても何もできなかった情けない父を追放して実権を握り、不穏分子を容赦なく一掃した。伯爵家は断絶し一族を処刑した。

その結果として残酷王と言われるようになったが、後悔はしていない。汚いやり方で母を殺した罪を許せなかった。

ストーバルは昔から王位を巡る一族の相克《そうこく》が凄まじい。一番警戒しなければならないのが身内という、血で血を洗うような争いが頻繁にあった。簡単には人を信用しないグラースの性格は、そんな中で培われたものだ。

油断すれば寝首を掻《か》かれる状態にあれば、誰だってそうなるだろう。この国では用心深い者しか生き残れないのだ。

国が治まってから、グラースは恩人の少女を探した。しかし結局見つからないままだ。出会った貴族の屋敷に娘はおらず、左右の屋敷にも年齢に合致する少女はいなかった。

忽然《こつぜん》と現れてグラースを助け、そしてまた忽然と消えてしまった少女。

暗闇の中だったが、月明かりにキラキラ輝くエメラルドの瞳は強く印象に残っている。

それと同じ緑の瞳のエマ。興味を抱いても当然だ。

だからといってすぐに信じられるわけではない。エマが何かの目的のために近づいてきているという疑いも残っているので、密かにフローレンスに使いをやって調べさせている。間もなくエマに関して詳しいことがわかるだろう。彼女をどうするかは、その結果次第だ。

翌日もエマは薔薇園に来たようだが、あいにくグラースの方に政務があって抜けられなかった。薔薇園から帰ったエマは、シルヴィローズを植えるための土壌改良についてゴルムと相談したようだ。おそらく会えたら自分に聞く気だったのだろう。

シルヴィローズは母がことのほか好んだ花で、幼い頃から母と一緒に育てていた。これに関してはゴルムより自分の方が上だと自負している。

結局エマはゴルムから指示されたとおり、有機肥料を鼻を摘まみながら播《ま》いたらしい。有機肥料は土壌改良には欠かせないが、何しろ臭いがすごい。

ゴルムからそう報告を受けたとき、エマのその姿を想像して思わず笑ってしまった。同時に、それでもやり遂げた根性に感心する。もっと彼女のことを知りたいと思った。

だからその後も時間を空けては、できるだけ薔薇園に行くようにしている。

何度も顔を合わせ話をするうちに、エマの態度に表裏がないことがわかってきた。裏を探る必要がないから疲れないし、側にいて居心地がいい。お茶を用意しておくようになったのも、彼女との時間を引き延ばしたかったからだ。

王としてではなくただの庭師として扱われることが心地よい。

そんなことを、会議中なのに思い出してつい笑みを浮かべていたようだ。

気がつくと、周囲にいた廷臣たちが一様に驚いた顔をこちらに向けていた。なんだ、と一瞥《いちべつ》するとその鋭い眼光に次々に瞼《まぶた》を伏せていく。少し笑ったくらいで奇異な目を向けるなと、グラースは廷臣たちに苛立った。

「御機嫌がいいのか悪いのか、陛下のお顔を拝見しただけではわからないものですね。今笑ったカラスがもう不機嫌になっておられます」

会議に出席していた廷臣の一人ベンハートが、戯《ざ》れ言をもじって歌うように言った。彼は侍従長の息子で、グラースが信頼する数少ない人数のうちに入る。だから会議の席でこんなからかうようなことも言い出せるのだ。

「私の顔など気にしなくてもいい」

「いいえ、気にしますよ。ご機嫌が悪いときに都合の悪い報告はしたくないですからね。特に最近は陛下の感情に波があって苦労します」

「機嫌がよかろうが悪かろうが、対処する中身は変わらない」

「確かにそこにぶれがないのはありがたいことですが、人間誰しも、自分に降りかかる火の粉は少なくしたいのが人情です。そうですよね」

わざとらしくウインクして周囲に同意を求めている。回りは困惑して視線を彷徨《さまよ》わせる者ばかりだが、グラースが苦笑するとほっとしたように空気が緩んだ。

不穏な動きを示している地方の押さえをどうするかという重要案件を話しているのに、皆がかないのだ。

萎縮して発言できないようではまずいというベンハートなりの配慮だから、まさに苦笑するし

「それでタキア郡の情勢はどうなのだ」

気を取り直してグラースが促す。タキア郡はストーバルの南西にある、港町を中心にした地域だ。船乗りたちが興《おこ》した街だから独立自尊の気風が強い。

法律に縛られることを嫌い、警察も軍も自警団の延長上にある。それでは困ると中央から警察長官と軍司令を派遣したら、それが不穏な空気を醸成してしまった。ある意味人選の失敗だ。根回しも不足していた。

「まだ説得の余地はあるかと思われますが」

「譲歩するのを説得と言うのですか。それは知りませんでした」

宰相が答えると、ベンハートが容赦なく突っ込んだ。宰相が不愉快そうな眼差しをベンハートに向けるが、本人はしらっとしている。

「もう一度使者を出せ。ただし今度こそ人選には気を配ること。それでこちらに従わないとなったら、私が出る」

「え？　御自ら軍を率いて行かれますか。それでは首都ががら空きになります。ここは代わりの将軍を……」

驚いた宰相が止めようとしたが、グラースは手を上げてその意見を退けた。

「私が行く方が早く収まるだろう。『残酷王』の呼称があるからな。皆殺しになる前に軍門に降ろうと雪崩を打って参集するはずだ」

せいぜい残忍に見える冷酷な笑みを浮かべてみせると、廷臣たちがしんと静まり返る。

その中でベンハートだけが、グラースだけに見えるよう小さく手を叩いている。賛成という意味だ。事を早く収束させるためにはそれがベストだとベンハートも考えているのだろう。

自分の残酷王という呼び名はとことん利用する。

ただし廷臣たちにまで意見程度で、逆らったら殺される、と萎縮されたのでは、政務に差し障りが出る。多少和らげる配慮が必要だろう。

会議を終えて自室で書類を見ているときにふと思いついて呟くと、侍従長が答えて言った。

「和らげるのなら、お后様を迎えられるのが一番です。お后様がいらっしゃれば女官も増えますからね。華やぎも出てくるでしょう。そういえば、ちょうどいい人質という名の花嫁候補が南宮にいらっしゃるではありませんか」

そう続ける侍従長をグラースはじろりと見る。

「最初からそんなつもりであの娘を南宮に入れたのか」

「まさか」

侍従長がわざとらしく目を瞠る。胡散臭い。

「最初に申し上げましたように、人質を監禁するにはちょうどよい宮だっただけのことです。

ただ連日のように薔薇園で会っておられるようですので、お気にいられたのならそういうことになってもよろしいのではと拝察した次第です」

会っているのは事実だし気に入っているのも確かだから、グラースも反論できない。じろっと睨んでも侍従長は平気な顔であとを続けた。

「我が国はクーデターが多く、お后様も何度も非命に倒れられています。従って近隣の王家からお后を迎えるのはかなり難しいでしょう。国内の貴族の娘から選べばパワーバランスを崩す要因になって混乱の元です。その点、フローレンスからきた人質の王女なら、条件としてはベストなのでは。あちらもその覚悟で来られていると思いますよ？　もちろん陛下のお好み次第ですが」

「あれはただ、庭師として庭造りの助言をしているだけで。彼女は私を国王とは知らない」

残酷王と知れば敬遠されるのではないか、という懸念は表情に出たらしい。

「あちらには拒否権はありません。元々人質交換で来た方です」

冷ややかに容赦なく、侍従長が現実を指摘する。快活で気さくなエマと接しているとつい忘れてしまうが、確かに彼女は人質としてやってきた娘だ。このストーバルでの籠の鳥。グラースが望めば妻にすることもできる。

その瞬間、厭だと強く感じた。エマを妻にするのがではなく、そうした強制力で彼女を褥《しとね》に迎えることがだ。できれば自らの意志で自分の元に来てほしい。

好きなのだ。

青天の霹靂《へきれき》のようにいきなりその自覚が襲ってきて、グラースを硬直させる。だから彼女と会うために無理をしてでも薔薇園に行ったのか。政務のやりくりがつかなくて、やむを得ず会えないときに、ベンハートに指摘されるほど機嫌が悪くなったのもそのせいだ。

固まったまま自らの思念に捕まっていたグラースに、侍従長が表情を和らげた。

「フローレンスからの報告書もそろそろ届くでしょうから、それからお考えになられては」

侍従長が、意味ありげな笑みを浮かべて引き下がっていく。自分の戸惑いを見て取られたと察して、グラースは顔を顰めた。

「仕方がない」

生まれたときから側にいて、苦難の二年間も支え続けてくれた男だ。何もかも、裏も表も知り尽くされている。残酷王の呼称も本意ではなかったが、

「何も本当に残酷である必要はありません。が、果断《かだん》に処置されればそのような噂が立つものです。せいぜい利用なさいませ。それくらいの覚悟がなければ王は務まりません」

と叱咤されて考え違いを悟った。王は恐れられているくらいがいい。そうすれば、反乱も起こしにくいだろう。

国王になったとき、彼に宰相の地位を与えようとしたのに、自分には政治は無理ですと自ら望んで侍従長になってしまった。

グラースにとっては、全てを心得ている侍従長が宮廷内を取り仕切ってくれるので、日々の生活は快適だったが、功績に似合った地位ではないように感じるからどこか心苦しい。せめて代わりにと息子を引き立ててやったら、これがまた若いのに才能のある男で、政権内の潤滑油を担ってくれている。まさに全面的に信頼する二人だ。

用心深いグラースも彼らに疑惑を持つことはない。

「しかし、妻か」

跡継ぎを得るために、いずれは迎えなければならないと考えてはいた。フローレンス国との今後の関係を考えれば、エマをその候補にするのはいい考えだ。ただし跡継ぎのためではなく自分のために。そして彼女の自由意志で自分を選んでほしい。そんな願いを抱くこと自体、我がことながら信じられなかった。

ようやく自覚した恋心がなんとも面映ゆい。残酷王と言われた自分が……。

渋面のまま、その夜はなかなか寝つかれないまま、転々としていた。エマと出会ってからの様々な情景が脳裏を過ぎるのだ。

お茶を用意するようになってから、お菓子を焼いたと持ってきてくれたり、そのバスケットに敷いてあったハンカチの刺繍があまりに下手で笑ったら、それが彼女の手になるものだとわかって内心慌てたり。

危うく薔薇の茂みに突っ込もうとした彼女を抱き留めたこともある。たおやかな身体がすとんと腕の中に落ちてきて、しっくりと腕に馴染むことに驚いた。助けるときに薔薇の棘でできた蚯蚓《みみず》腫《ば》れに、彼女は泣きそうになっていた。

思い出すと、どれも胸が温かくなってくる記憶だ。

幸せな記憶がようやく眠りに誘ってくれる。そのせいか目覚めはすっきりしたもので、しかもいつもの起床時間より早かった。なんとなくじっとしていられない気持ちで、起きることにする。身支度をして散歩に出た。

宮廷を追われて放浪しているときに、自分のことは自分でできるようになった。それまでは大勢の侍女に囲まれて、洗顔一つ自分ですることはなかったのだ。それがどんなに歪な生活だったか、あのときにようやくわかった。

逃亡生活で、自国の民衆の生活に直に触れることもできた。貧困、不公平、社会基盤の脆《ぜい》弱《じゃく》さなどいろいろな問題を抱えていた。政権を掌握したときそれらがずいぶん役に立った。

様々な施策はまだ発展途上だが、手応えは感じている。国を豊かにし富ませることが自分の使命だと信じているから、どんなに反対があってもやり遂げるつもりだ。

フローレンスとの諍《いさか》いも、ある鉱山の利権を巡ってのことだった。もともと、こちらの意向を向こうが受け入れるなら早めに軍を引くつもりでいたから、大勝利したのは望外の幸運だった。

「いつもこんなふうならありがたいのだが」

軽装で散歩に出かけるグラースに、静かに護衛が二人従っていく。彼らは近衛兵の中から選抜され、交代でグラースの身辺を警護している。全員侍従長の厳しいチェックをくぐり抜けた、信頼できる臣下だ。

朝のすっきりとした空気の中をゆったりした足取りで歩く。内廷の周囲を歩くだけでかなりの距離になる。自然に南宮に行きかけて、苦笑しながら向きを変えた。習慣とは恐ろしいものだ。

北門近くを通りかかったとき、ふと声が聞こえてきた。男の声と女の声。どこか甘ったるく、逢瀬のあとのようなねっとりとした響きがあった。鳥の声や清流のせせらぎ、澄み切った空気の爽快《そうかい》さを堪能していたグラースに、それは不快感を呼び覚ます。

「誰だこんなに朝早く……」

清々しい空気を乱されて面白くない。正体を確かめてやるとそちらに向かいかけると、護衛の一人がすっと前に出てグラースを止めた。もう一人が小走りに駆けていく。

間もなく護衛と一緒に現れたのは。

「トマス、こんな時間に何をしている」

従兄弟のトマス・ローゼンヴェルトだった。父の弟の息子で、現状では王位継承権の第一位にいる。身内での政変が煩雑にあるストーバルでは、一番警戒しなければならない相手だ。

ただこれまで野心を見せたことがなく、年齢が一つしか違わないから親しくしているといってもいいかもしれない。

茶色の瞳、茶色の髪といった目立たない自分に比べ、金髪碧眼の華やかな容姿の優男で、ご婦人方の人気が高い。それを利用して数々の浮き名を流していた。女好きと陰口を叩かれている。

今もどうやら後朝の邪魔をしたらしい。シャツの前は半分くらい開いたままで、上着も羽織っただけ。髪も乱れていて、気怠そうな空気を纏わせている。

「何をしているとは、野暮でしょう。見ておわかりの通りですよ、国王陛下」

肩を竦め、にやにや笑って返してきた。

「この近くでの逢瀬なら、街の女性だろう、国民を弄《もてあそ》ぶような真似はするな」

「しませんよ。付き合うときは誠意を持って接していますから、ご心配なく。二股はしても三股はしません」

自慢にもならないことを顎《あご》を上げて宣言する。

「では失礼しますよ」

トマスがふざけたふうに恭しく一礼して、ふらりと去って行く。均整の取れた後ろ姿は、色事にうつつを抜かしながらも、節制を保っていることを示している。

どこまで本心なのか、あるいは全て反意をごまかすための韜晦《とうかい》なのかとグラースが内心で呟いたとき、少し離れたところでトマスが立ち止まって振り向いた。

「そう言えば人質の娘について調べさせているんですって？　どんな風の吹き回しです？　妻にでもする気ですか」

グラースは眉を寄せる。誰がそんなことをトマスに話したのか。フローレンスに人をやって調べさせていることを知っているのはほんの少ししかいないはずなのに。側で仕える者たちの中にトマスと通じる者がいるということなのか。

あるいは逢瀬の相手が女官や侍女だったら……。

調べておくべきだなと心に留めながら、認める。

「そうだな、考えている」

トマスが大げさに驚いた。

「人質として受け入れたんじゃなかったのですか」

「利害関係が絡まないから楽だと考えただけだ。それに人質ならどう扱っても、どこからも文句は出ない」

トマスの真意がわからないから、一応そう答えておく。これならグラースが、エマに惹《ひ》かれているとは思わないはずだ。もしグラースが関心を持っていると知られたら、たとえばこのトマスなどは、継承権が遠ざかるのを防ぐためにエマに何か仕掛けてくるかもしれない。

正式に決まるまでは、万に一つもエマに危害が加えられることのないようにしておきたい。決まったあとは全力で守るだけだ。自分の母のような悲しい死に方は絶対にさせない。

「そうなんですか。だったら挨拶くらいはしておいた方がいいかなあ。未来の王后陛下に」

「必要ない。ただの人質だ」

言い捨てて、これ以上情報を与えないためにグラースは歩き始めた。

「いいんですかねえ、そんなことを言って。誰が聞いているかわかりませんよ」

トマスが面白そうに、近くの花壇脇にしゃがみ込んでいる侍女を見ながら呟いた言葉はグラースには届かなかった。したがってその侍女が、エマの小間使い、エミリだったなどということも。

◇◇◇

エマにとって毎日は、もう針《はり》の筵《むしろ》ではなかった。花壇を得たことで全てが変わったのだ。生き甲斐を得たといっていい。

何もすることがないので、朝から自分の庭に出ていてもいいのだが、グランが、

「急げばいいというものではない、植物もゆったりと成長するほうがいいだろう」

とぼそっと忠告してくれたので、確かにその通りだと少しずつ造っていくことにした。時間をかければ違う思いつきも試す余裕がある。

そして午後からは散歩のついでにこっそり薔薇園を覗き、グランがいればひとしきりお喋り

して過ごすのだ。いつしかお茶が用意されるようになり、グランがぎこちない手つきで淹れてくれるのを楽しみにしている。

しかもその頃には話すだけでなく、薔薇の手入れも手伝わせてもらっていたので、今現在、エマの日常はとても充実していた。

グランは相変わらず表情の変化に乏しいが、自分といるのを厭《いと》う気配がないのでほっとしている。彼の僅かな表情の変化から感情を推察するのを密かな楽しみにしていた。

そうして彼の顔を注視すると、精悍な顔の上に常に厳しく表情を引き締めているから強面なのだが、ほんの少し微笑むと印象が一変することに気づく。思わず目を引きつけられて離せない。喩《たと》えてみれば、雲間から太陽が覗いてぱあっと晴れるみたいなのだ。

日の光に透けると鮮やかさが増す琥珀色の瞳は、野性味と知性を兼ね備えていてうっとりする。

エマは職業に貴賤《きせん》はないと信じているが、それでもこの男が庭師でしかないというのは少しもったいなく感じた。人の上に立ち、人に指図する仕事をしていてもおかしくない見識を備えていたからだ。

物事を俯瞰《ふかん》し客観的に見ることに長けていて、様々なことがらに自分自身の意見を持っている。

「王宮全体の庭を統括する地位だから、庭師としてはトップなのだろうけれど、そういうのではなくて……」

なんだかもどかしい。もし自分がフローレンスにいてそこで彼に会っていたら、伯父《おじ》の国王に進言して彼を政務に就かせていたかもしれない。彼なら反対派を押さえきって、職務を全うしてくれそうだ。

そんなふうに、いつも彼のことばかり考えている自分にふと気がついて、あれ？　と思った。

「あの方を、好きなのだわ」

無意識に呟いた言葉に、自分自身でぎょっとなる。

す、好きって、えっ、わたしがグランを!?

ぶっきらぼうで口が重くて愛想なしの彼を？　でも本当は優しくて思いやりがあって。

つい先日も、変色した葉っぱを取り除いていて躓《つまず》き、うっかり薔薇の茂みの中に倒れ込みそうになったとき、グランは躊躇《ちゅうちょ》せず茂みの中に腕を突っ込んで引き戻してくれた。

弾みでグランの逞《たくま》しい胸に抱き留められて、フレグランスとない交ぜになった彼の汗の匂いを嗅ぐ。官能的な香りに身体の奥を揺さぶられ、くらくらした。

だが自分に回されていた剥き出しの彼の腕に、棘でできた無数の引っ掻き傷を見た途端、甘やかな気持ちは吹っ飛んだ。

「グラン、血が！　どうしましょう」

蒼白になって、出血している彼の腕を掴む。グランは自分の腕が薔薇の棘で傷つくのもかまわずエマを助けてくれたのだ。心の中の柔らかな部分を、ぎゅっと鷲掴みにされた思いがする。

慌てて傷口を洗い流し、常備してある軟膏《なんこう》を塗りつける。薔薇園で作業すれば引っ掻き傷はしょっちゅうだとグランは平気な顔をしていたが、痛くないはずがないのだ。

「わたしのせいで」

それまでも彼に惹かれていたけれど、たぶんその出来事をきっかけにさらに傾倒するようになったのだと思う。

でも好きだなんて、駄目だわそんなこと、わたしは人質として花嫁というかたちでここに来たのだから。しかし、ストーバル側には花嫁とする意図はなさそうだ。

ただの人質なら、密かに想うくらいは許されるのではないかしら。

「そうよね。薔薇園の手伝いをしてお茶を飲むだけだもの。庭造りの助言はもらうけど、色っぽい話なんて皆無だし。だからグランはわたしのことを変わった娘くらいにしか思っていないだろうし」

「お茶をご所望ですか?」

ぶつぶつ呟いていた言葉を聞き取って、クレメンスが尋ねてきた。エマははっと我に返る。

手許には、やりかけの下手な刺繍、そして少し離れているが周囲にはクレメンスを始めとする女官たちがいて、そんな中で自分はとんでもない夢想に浸っていたのだ。

内心で悲鳴を上げながら、慌てて首を振る。

「いえ、けっこうよ。少し外の風を吸ってくるわ」

気づいてしまった自分の気持ちに心が波立って、とてもじっとしていられない。立ち上がって足早に部屋を出ようとしたら、クレメンスに呼び止められた。

「お待ちください」

びくっと足を止め、怖々振り返る。

ドアに向かう途中で追いついてきたクレメンスはエマに帽子を被らせ、手袋と日傘を渡した。

「これから外は日差しが強くなります。日焼けなさいませんように」

ほっとして「ありがとう」と礼を言い、そそくさとその場を離れる。まだ胸がどきどきしている。ほうっと吐息を零したとき、別の意味であれ？　と首を傾げた。

「クレメンスって、こんなに面倒見がよかったかしら」

当初はエマを見張るという職務に、がちがちに凝り固まっていたはずだ。日焼けの心配をして帽子や傘を寄越す気遣いなんてあり得なかった。いつからと考えて、エマが自分の庭をもらい、そこに夢中になった頃からだと気がつく。

シルヴィローズはストーバルの国花で、宮廷にとっても大切な花だ。それを根付かせようと自ら額に汗しているエマを見て、自然に彼女たちの感情も変化していったのだろう。

「ずっとここで暮らしていくのだから、居心地がいいのはありがたいことだわ」

エマの庭は、土壌の改良が終わり、あとはいよいよ植えつけを待つばかりになっている。

シルヴィローズをメインにするつもりだが、周囲に四季それぞれに咲く花を交互に植えて、春夏秋冬いつでも花が咲く庭にしたいと考えている。

グランはシルヴィローズは華やかで豪華な薔薇だから、周囲を飾るのは先日提案したヒナギクのようなシンプルで小さめの花がいいと言っていた。

散歩して心を落ち着かせたらすぐに帰るつもりだったのに、またグランのことを思い出してしまった。

やはり好きなのだわとあらためて自覚し、自分の庭の前にぼうっと立ち尽くす。

「今さらストーバル国王がわたしに興味を示すこともないだろうし、想うだけなら自由よね」

そう言い聞かせながら掘り返された庭の苗を見ていた。

するとふいに声をかけられた。グランの声によく似ているこれは、トマスだ。豪奢な金髪と鮮やかな碧眼を持つ飄々とした遊び人。

鋤《すき》で庭を掘り返しているときにふらりと現れて、手伝わせてと強引に鋤を奪われた。なのにへっぴり腰で、ろくに鋤き返すことができなかった。

「なんでなんだ」

と叫んだのがエマの笑いのツボを刺激した。それまで、急に出てきて、しかもグランにそっくりな声で話しかけられて動揺し、いきなり鋤を奪われたことに呆然として固まっていたのに、笑うことで緊張が解けた。

貴族の放蕩息子で遊び人と自己申告したとおり、華やかな容姿は女性にもてそうだし、着ている服も絹や羅紗で仕立てられたもの。その貴族の彼が鋤を持つだけでもおかしいのに、あのへっぴり腰。

エマが笑ったことで、トマスは受け入れられたと思ったようだ。その後もふらりと現れては、突拍子もない言動を晒していくようになる。どこの誰とも知らないまま、ときおり訪れる面白い人という立ち位置だ。

「トマス、どうなさったの？　まだ朝よ？」

僕にとっては朝は真夜中だと豪語し、ここに現れるのも午後になってから。怠惰な生活に目を丸くしても、人それぞれだ、で押し切ってしまう。

憎めないのは、いつも微笑んでいるからだろうか。同じ整った顔でも、グランとは正反対の方向に特化しているように感じられる。剛と柔、華麗と質実剛健、微笑みを浮かべた顔と渋面。

わたしの好みとはちょっと違うけれど、この人とってももてるに違いないわ、などと胸の中では思っている。当人もそれを自覚して振る舞っているようだ。

「朝は朝でも後朝なので。これから帰って寝るつもり。その前にエマに会えるかなと来てみたんだ。君の笑顔を拝めたのはラッキーだった。相変わらず麗しいね」

褒め言葉がさらさらと飛び出してくる。グランがこの半分でも言ってくれたら、天にでも昇れそうなほど舞い上がれるのに。

「ありがとう、だったら早く帰宅してお休みになったら？　目が充血してるわ」

「お、辛辣《しんらつ》だね。でも嬉しいな。目が赤いのに気がついてくれたのだから。君、僕のことが好きだろ。僕も君が好きだよ。デートしよう」

甘い眼差しで見つめられ、首を振った。

「その手には乗らないわ。トマスは出会う女性全てにそう言って誘いかけるのね。でもわたしは駄目よ」

「エマ、チャレンジ精神旺盛な男の前で、そんなことを言っては駄目だ。猛牛の前で赤い旗を振るようなものだから」

「え？　何が駄目なの？」

本当にわからないので聞き返すと、次の瞬間すっと間を詰められてトマスの腕の中にいた。硬い男の筋肉が感じられる。遊び人を気取っていてもトマスはきちんと鍛えた体躯の持ち主だし、掌には剣ダコがあるのを知っている。

「トマス、やめて」

きっぱり拒絶すると、するっと引き下がった。エマを腕から解放して、トマが苦笑した。

「嫌われないうちに退散しよう。君も日差しがきつくなる前に帰った方がいい。日に焼けてそばかすができるのは厭だろう」

「そうね。ご忠告ありがとう」

ひらっと手を振って行きかけたトマスが、ふと真面目な顔で振り返った。

「あのね、あとで君の小間使いから何か聞くかもしれないけれど、僕のことは嫌わないでほしいな。君に嘘は言ってないつもりだからさ」

「え？　なんのこと？　嘘って何？」

「や、それは君のエミリに聞いて」

それだけ言い残して、トマスは行ってしまった。

「小間使いの名前まで知っているなんて、女性にかけては本当にマメな人ね。それにしても何が言いたかったのかしら」

眉を寄せて後ろ姿を見送ってから、気になったので急いで部屋に戻ることにした。

自室に戻ってエミリを呼ぼうとしたら、クレメンスが十時のお茶の支度をして待っていた。

普通貴族の令嬢は、午後からが活動期だ。だから朝食が昼、昼食が夕食、そして夕食が深夜近い時間の晩餐となる。

だがエマは健全な生活習慣を守っていた。朝は早くから起き出し、きちんと朝食を取り、昼も夜もその時間に食事する。エマ付きになった女官たちも、最初は身体を慣らすのに苦労していたようだが、今では健康的な生活ができると好評だ。

席に着きながら、エマは部屋の隅に控えているエミリに気がついた。青ざめた顔で目を伏せている。呼びかけたらちらっと顔は上げたが、エマに小さく頭を振って見せ、すぐに俯いてしまった。意味ありげな目配せだ。

聞いてみようと、頭を巡らせた。どうしたら彼女と二人きりになれるだろう?

お茶のあと、日差しがきつかったから少し休むとクレメンスに告げ、部屋着に着替えベッドに横になる。カーテンを引いて部屋を暗くし、エミリに香水を染み込ませたハンカチを持ってくるように頼んだ。

エミリがエマの求めに応じてやってきた。口実のハンカチを受け取りながら促す。

「さあ、ここは二人きりよ。話して。何があったの?」

横になったのはただの口実だからと促すと、いきなりエミリがわっと泣き伏した。

「姫様、悔しいです」

噎《むせ》ぶようにそう言ってしゃくり上げるからエマも困惑した。宥めてなんとか聞き出したのは、庭で王とその従兄弟が交わしていたという会話だった。

『利害関係が絡まないから楽だと考えただけだ。それに人質ならどう扱っても、どこからも文句は出ない』

『必要ない。ただの人質だ』

そこまで言われれば、さすがにエマも思うところがある。だがそれは事実だ。人質として来ているエマには、この国でなんの権利もない。貶《おとし》めるつもりならとことん貶めることもできる。

厭だし許せない気持ちは強いけど、今ここで感情のままに振る舞ったらエミリを焚《た》きつけることになる。異国で二人きりのフローレンス人であることから、彼女は、エマを守らなければという使命感も強い。

命に代えても姫様を侮辱させませんと思い詰めて、とんでもない行動に出るかもしれない。そんなことをさせては駄目だ。それにしても、

「わたしが王妃になるの？」

残酷王と言われた人の妻に……。

この国に来るときは覚悟を決めてきたのだけれど、人質といっても軟禁されるわけではなく、南宮内や庭で過ごせて、ほとんど自由なまま、フローレンスにいた頃と変わらない日々を過ごしている。そんな平穏な生活がもう一か月も続いていたから、覚悟も緩んでしまっていた。

しかしここに来てそんな理由で求められるとは。エミリの言うように、確かに屈辱的だ。

それに本当に国王の伴侶になるなら、グランへの思いは封印しなければならない。

王妃は心身共に純潔でなければいけないとされている。心の中に別の男を住まわせるのは、背信行為だ。

自覚したばかりの恋心なのに。……切ない思いが胸に溢れ、エマは唇を噛んだ。

「それだけじゃありません。国王様の従兄弟、トマスさんだったんです。あ、トマス殿下だったんです」

「トマスが国王様の従兄弟……」

だからエミリから何か聞いても嫌わないでと言ったのだろうか。

国王に子供がいない今は次期王の立場だ。隠されていた事実に衝撃を受け、エマは深くため息をつく。

「何を言われても甘んじて受け入れるしかないわ。わたしは王太子様の代わりの人質だから」

寂しく微笑んで言うと、エミリがまた気持ちが昂ぶってきたのか、はらはらと涙を零した。

「でも、姫様……」

「大丈夫。勇気を持って対処すれば、物事はいいように動いていくものよ。結婚してここに根を張ることがわたしの幸せなのかもしれないでしょ」

エミリの気持ちを解すためにわざと希望の持てる言い方をした。

前向きに明るく。そうすればきっと道は開けるものだ。しばらくは辛くても。

その日からエマは薔薇園に行くのをやめた。けじめだと自分で決めたのだ。自覚したばかりの恋心が、愛しい人の顔を見るだけでもいけないの？　と騒ぎ立てていたが、見るだけで思いとどまれる自信がない。離れていることこそが、気持ちを断ち切る唯一の方法だ。

エマに割り当てられた庭は、グランとの思い出の縁になった。

庭を眺めて、グランのことを想う。

痛みとない交ぜになった憧れの視線を薔薇園の方向に向けながら、エマは踏み止まった。心の中からグランの面影を消すには、長い時間がかかりそうだけれども。

◇◇◇

エマが薔薇園に来なくなった。ゴルムからの情報では、午後になると自分の庭に現れるという。今は植えつけのための畝《うね》作りをしているらしい。

グラースにはエマが薔薇園に来ない理由がわからない。話をしようにも身分を明かしていないから、薔薇園でしか接触のチャンスがない。呼びつけることも出来るが、ただのグランとして彼女に接する喜びは捨てがたかった。

どうすべきか迷っていたおり、フローレンスからエマに関する報告が届いた。

彼女は八歳の頃、頻繁にストーバルに来ていたという。彼女の祖母が病で伏せっていたため、その見舞だったらしい。しかも祖母の館はグラースが少女に助けられた館のすぐ近くだった。

「これはもう間違いない。緑の瞳のエマは彼女だったのだ！」

歓喜がグラースの心をこれ以上ないくらいに昂ぶらせた。すぐにも彼女に会ってこの気持ちを打ち明けたい。昔助けてもらったことへの礼も言いたい。

その日開くはずだった御前会議を延期して薔薇園に急ぐ。そして、がっかりした。そうだった、エマはこの最近薔薇園に来ていないのだった。王としての身分を明かす前に、なんとか彼女をここに呼び事情を聞きたい。話をして、そして好きだと打ち明けたい。

彼女が頷いてくれたら、自分が王であることを話す。グランでなくなるのは惜しいが、その代わり彼女がイエスと言えば、妻として傍に置くことができるのだ。

そんなグラースの決心を言祝《ことほ》ぐかのように、大切にしていたシルヴィローズの蕾が花開いた。これを口実にしようと、ゴルムからエマに咲いたと伝言を届けさせる。エマにはグランからだとわかるだろう。

彼女は必ず来る。蕾ができたときから二人で見守ってきたシルヴィローズなのだ。

最初に開いた一輪のあと、二輪目も綻《ほころ》びかけていた。純白の、光の加減で銀色にも見える美しい薔薇だ。亡き母はシルヴィアといい、この花を自分の花と呼んでいた。少し早い開花は、母からの応援のようにも感じられる。

葉の具合を確かめているとき、さやさやと衣擦れの音がした。エマだ。心臓がとくりと脈打った。だがすぐには振り向かない。深呼吸して気を落ち着かせ、ゆっくりと彼女に向き直る。

レースの日傘を差したすらりと背の高いエマが立っていた。ストーバル風のすっきりした衣装が彼女の美貌を引き立てている。健康そうなクリーム色の肌、整った目鼻立ち、色づいた唇は食べ頃のさくらんぼを思わせる。

いつも真っ直ぐに対象を見る彼女の瞳が、今は僅かに伏せられていた。

「シルヴィローズが咲いたと聞いて」

「こっちだ」

グラースは言葉少なに言って、先に立ってエマを導いた。

「まだ咲くには早いのではない？」

「確かに早いな。通常の開花期は本来もう一、二週間あとだ。だからこれは自分への応援だと思ったのだ」

頷いて続けた後半部分は聞こえなかったらしく、

「グラン？」

エマがなんと言ったの？　と首を傾げる。かまわず歩いて花の前に行き、一歩脇に避けて、花をエマに見せた。

「綺麗……」

一言呟いただけで、エマが花に見惚れるのがわかった。その横顔をじっと見つめる。少しして、エマが面映ゆそうに咎めてきた。

「そんなに見ないでください」

エマが微かに微笑んだ。ただ視線はやはりほんの少し逸らしたままだ。

それがもどかしい。

「私は朴念仁《ぼくねんじん》だとよく言われる」

自嘲する言葉を吐くと、エマが慌てて顔を上げて否定してきた。

「そんなことないわ」

初めて目が合った。エマが驚きで逸らそうとするのを許さず、搦《から》め捕《と》る。自分の眼差しが欲望でぎらついているのはわかっていた。小さく息を呑んだ彼女は、その場に張りつけられたかのように硬直する。それをいいことに、ゆっくりと腕を伸ばした。

彼女の肩を掴み腰に手を回して引き寄せる。差していた日傘がぽとりと落ちた。かまわずそのまま胸の中に掻き抱く。

「……ぁ」

喘《あえ》ぐような声は拒絶ではなかった。戸惑っているし恥ずかしいとも訴えていたが、嫌ではないと。身体がかっと熱くなった。さらにきつく抱き締める。

「だ…め……」

いやいやと振られる首、だが否定は拒絶ではなかった。それどころかぞくりとするほど甘い響きがあり、欲情の兆《きざ》しさえ含まれている。途端にあれこれの段取りが吹き飛んだ。ここに来なくなった理由を聞き、そのあとで彼女の反応を見ながら打ち明けるつもりだったのに。

「好きだ」

シンプルだが今の真情を的確に表わす言葉が、つるりと唇から飛び出した。

「そんな……」

わなわなとエマの唇が震えている。呆然と見上げる視線が驚きに満ちていた。そんな告白を受けるとは思ってもいなかった顔だ。だがその中にちゃんと嬉しいという感情を読み取って、

グラースは歓喜する。彼女も自分を憎からず想っていてくれたのだ。

胸の奥深くから喜びが込み上げてくる。だが情熱的に彼女を抱き締めてキスをしようとした寸前、突然彼女が激しく身悶えして腕の中から逃げ出した。

「エマ？」

名前を呼びながら腕を伸ばすと、エマは頭を振りながら後退る。グラースは困惑した。拒絶されなかったはずなのに、なぜエマは拒むのか。

「わたしも、あなたが好きだわ。でもいけないの、駄目なの」

好きだという告白に舞い上がり、駄目だと告げる言葉に地に叩き落とされる。

「なぜだ。好きなのにどうして駄目なのだ」

詰め寄ると、その分だけ後ろに下がりながらエマが叫んだ。

「だってわたしには決められた人がいるもの！　その人と結婚しなくちゃならないのよ！」

腹の奥がかっとなった。自分以外の誰が、彼女を束縛する権利を持っていると言うのか。

「そんなもの、断わればいい」

「できないわ。わたしにはできない。だってわたしはそのための人質なのよ」

泣きそうな顔で告げてから、エマが身を翻して走り出す。グラースは呆然としていて止められなかった。彼女の言葉が頭の中で谺している。

「人質で、決められた相手がいる……」

言われたときは激昂して頭に血が上ったが、落ち着いて考えればその相手は自分じゃないか。人質として彼女を受け入れたのも、花嫁という条件をつけたのも。

ハハハと乾いた笑声が漏れた。

自分が国王だと打ち明ければ、全てが解決だ。庭師を装っていたことを咎められ拗ねられるかもしれないが、王としてではなくグランとして愛してほしかったのだと真摯に訴えれば、エマならきっと許してくれるだろう。

いや許すというまで口説けばいい。

王妃となれば自分も狙われると怯えるのなら、絶対に自分が守ると騎士の誓いを立ててもいい。とにかくなんとしてもエマを手に入れるのだ。

まずはどうやって次の逢瀬を実現させるか。エマはもうここには来ないだろうし、王として呼びつける前に、事情を打ち明ける場が欲しい。その手順を踏むのが、身分を偽っていた自分の、エマへの礼儀だ。

そう考えながらも、グラースの口許は笑みに緩んでいた。エマに好きだと告白されたことが嬉しい。

「笑み崩れる残酷王……」

グラースは緩んだ口許を押えた。まだ全てが解決したわけではないが、心は甘く痺《しび》れていた。自分にもこんな感情があったのかと驚く。

「陛下、こちらにおいででしたか」

声に振り向くと、侍従長が駆けつけてくるところだった。

「どうした」

「宰相閣下からの伝言です。タキアで軍が蜂起《ほうき》しました」

「何！」

使者を派遣したからそれで収まるかと思ったのに。グラースはすべてを圧政で解決する気はさらさらなかった。タキア郡にも法治国家としての手順を踏めば検討すると通達してある。その上で使者も送った。

それを無視して蜂起。

グラースの眉が厳しく寄せられた。力で来るなら力で押し返す。そこに宥恕《ゆうじょ》の入る余地はない。今こそ残酷王の名を利用するときだ。すっくと立ち上がり執務室に向かうと矢継ぎ早に指示を出す。

「第三軍招集！　近衛の親衛隊もだ。私が指揮を執る」

第三軍はストーバルでも最強の部隊だ。ぞくぞくと軍が集結する中で、慌ただしく作戦会議が開かれた。グラースは親征を宣言する。

いよいよ出陣の夜、グラースはエマを呼ぶ。忙しすぎて、説明のために自ら足を運ぶ余裕はなかった。しかし、自分には決められた相手があるから、好きでも添えないと悲痛な言葉を残して駆け去ったエマの悲しみを、帰るまで放置はできない。

だから神の前で自分の正体を明かし、彼女の同意が得られればその場で式を挙げてしまってもいいと決めた。

不吉なことを言うようだが、戦場では何が起こるかわからないのだ。万一のことも考えて手を打っておく必要がある。

エマが真実を知らないまま悲しみ続けるなど、絶対に許せない。

いきなりの王の呼び出しでエマに与えるだろう不安を少しでも和らげるために、白いドレスを贈った。これを着て来るようにと。純白は乙女の象徴だ。意に反して不埒なことはしないという意思表示のつもりだった。

出発の準備に追われながらも、グラースはできるだけの配慮をした。あとはエマがちゃんと耳を傾けてくれれば、全てはうまくいく。

◇◇◇

グランの前から駆け去ったエマは、そのまま自分の部屋まで戻ってきた。動悸が激しくて息も苦しい。それは走ったからだけではなかった。グランに告白されたことも大いに影響している。

「姫様？」

異変に気がついたクレメンスやエミリが寄ってこようとするのを首を振って拒絶し、

「一人にして！」

と叫んでベッドに身を投げる。嬉しいのに悲しい。喜びが込み上げるたびに、受け入れることができない現実が重くのしかかる。

「一人で想っているだけでよかったのに。両思いだなんて辛すぎるわ。グラン、私どうしたらいいの。今にも走って戻りイエスと言いたい」

告白してくれたグランが硬直していたのを何度も思い出す。好きだと返したときの僅かに動いた顔が嬉しいと告げていた。それくらいはわかる。そして直後に駄目と否定したときは、呆然としていたようだ。

追いかけてくれなかったのは、エマの拒絶に咄嗟に反応できなかったからだろう。

申し訳なくて、悲しくて。でもその中に仄暗い喜びがある。グランも自分のことを想っていてくれた……。

互いの間に流れる好意はどちらも感じていた。

何度も彼の声を脳裏に蘇《よみがえ》らせる。胸が締めつけられるように甘く痛んだ。

しばらくの間は人を遠ざけて悲しみに浸っていたが、クレメンスが深刻な顔で告げてきた。

「戦争です。陛下御自ら親征されると触れが回ってきました」

「え!?」

地方の港町が反乱を起こしたのだという。王自らその鎮圧に向かうらしい。

「それって普通は将軍が派遣されるのでは？」

フローレンスではそうだった。王が軍の指揮を執るなんて、危機的状況でなければあり得ない。だがストーバルでは特別奇異なことではないそうだ。

「……だったら反乱者は皆殺しになってしまうの？」

残酷王という呼び名が脳裏を過ぎり、無意識に呟いたら、クレメンスが目を剝いた。

「何をおっしゃいます！　陛下は理性的な方です。意味もなく皆殺しなどなさいませんっ」

激昂して言い切るクレメンスに、エマは驚いた。いつも冷静沈着なクレメンスが。

クレメンスも自らの昂りに気づいたのか、こほんと咳払いしてすぐにいつもの落ち着き払った表情を取り戻した。

「失礼しました。ただ過去のあれは、陛下が悪いのではありません。もし恩情をかけたら、敵は何度でも仕掛けてきたでしょう。争いが続けば民が苦しみます。陛下は断腸の思いで、反乱者たちを処罰なさったのです」

「ごめんなさい、知らないのに余計なことを」

素直に謝るとクレメンスが嘆息した。

「陛下も自分の悪評を歯牙《しが》にもかけず逆に利用なさっていますから、噂が一向に下火にならないのも仕方がありません」

「利用？」

「そうです。だから親征が多いのですよ。陛下が出向かれると、相手は戦意をなくして戦う前に投降してきます」

「それは……、立派な方なのね」

自分に向けられる悪意ある呼称を平然と利用するなんて、自分にはとてもできない。残酷王なんて言われたら、事情があるのだと必死で否定して回るだろう。

「ストーバルの国民は、あの方が王であることを誇りに思っております」

国民にとっては、クレメンスが胸を張って庇うほど、よい王様なのだろう。残酷王と呼ばれる王への怯えがほんの少し和らいだ。

周囲は騒がしく、この日は室内でおとなしく刺繍をしてすごしていた。

刺繍の下手さ加減をグランに笑われたことを懐かしく思いだし、下手なりに一生懸命作り上げたものをグランに渡したいと考えた。

恋の形見として。……迷惑になるかもしれないけれど。

丁寧に一針ずつ縫っていく。とはいえそう簡単に上手になるわけもなくて、出来栄えにため息が漏れた。

疲れたなと肩を叩いていたら、いきなり血相を変えたクレメンスが走り込んできた。

「今夜、陛下のお召しです。急いでお支度を」

「え⁉」

急かされてバスルームに向かいながら、エマはまだ戸惑ったままだ。刺繍していた布を手に持ったままなのに気がついて、バスルームの前で途方に暮れる。

「なぜわたしが？」

「わかりません。とにかく急ぎませんと。今夜は出征前の大切なとき。少しでも粗相《そそう》があってはなりません」

粗相って何、などと聞くような雰囲気ではなかった。温かな湯船に浸かりながら震えたのは、戦いの前に純潔の生け贄《いにえ》を捧げるようなものかしらと思い当たったときだ。

「や、まさか殺されるようなことはないだろうけれど」

残酷王の呼び名を利用するだけと言われて、少しばかり王への好意が芽生え、その分恐怖は減じていた。なのに、あらためて怯えが忍び寄ってくる。王が自分に逆らった一族を皆殺しにしたのは事実なのだ。

自分は何をされるのだろう。

身体を磨き立てられて、下着を着けることも許されず透けるような薄物を纏わされた。間違いなく褥の準備だ。

エマは震え上がる。

自分はこれから王に抱かれるのだ。クレメンスに救いを求める視線を向けたが、彼女も強張った顔のまま淡々と準備を進めるだけ。おそらくクレメンスにも今夜の王の意図はわからないのだろう。

神聖な結婚だけが正しい男女の交わりとされている。神の許しもなく関係するなら、それは獣婚、あるいは娼婦の振る舞いだ。祝福は与えられない。

そんなのいや、誰か助けて。

クレメンスが目を合わせてくれないので、エマは周囲の女官たちに次々に視線を向けるが、誰もが強張った顔で俯くだけ。誰一人味方になってくれない。ここはフローレンスではなくストーバルなのだと、まざまざと思い知らされた。

頼みのエミリも今は遠ざけられている。エマの動揺を誘うだけだと思われたのだろう。おかげでエマは、心細いまま捨て置かれることになった。

想像だけが悪い方へ恐怖へと膨れ上がっていって、ろくに息もできない。喘ぐようになんとか息を吸っても、苦しい。空気が足らない。このままでは気を失ってしまう。

香油で髪を梳《くしけず》られ、プラチナブロンドが照明の明かりを反射してキラキラと輝いた。薄物に包まれた身体の線が、はっきり浮き上がっている。豊満な胸や細い腰、豊かな臀部など。どうかしたら下草の翳りまで。

恥ずかしくて死んでしまいそうだ。

一方、普段は胸や腰を強調するようなドレスを着たこともないし明朗闊達な行動に隠されていたから、エマがこれほど優艶な肢体の持ち主だとは誰も気がついていなかった。わかっていたのは湯浴みで世話をする女官たちだけ。

薄物を纏って立つエマの美しさに、皆がぼうっと見惚れることになった。

そこへ再び王からの使者が急かしにやってくる。

「まだですか。もう刻限ですよ。お早く」

使者はエマの準備ができているのを見て取ると、容赦なく連れ出した。

躓きかけて、危うく踏み止まり、縮こまりながら、エマは薄物のまま引かれていった。まさに売られていく仔牛そのまま。

情けなくて恥ずかしくて、しかもこの先に待ち受けるものへの恐怖が、エマを竦ませる。足許が覚束なくてよろよろとしか歩けない。

豪奢な扉をくぐらされ、寝所の中に入ったとき、恐怖は極限に達していた。背後でパタンと扉が閉ざされる。

仄かな照明で浮かび上がるのは天蓋付きの大きなベッド、絹の帳《とばり》が引かれ中は見えない。それでも目を見開いて見つめる。

甘ったるい香りが鼻をついた。香が焚かれているようだ。

心臓がどきどきと早鐘のように鳴る。胸を覆う薄衣を鷲掴んで後退る。あの中に入るなんて、できない。

どこかでカタンと音がした。途端に跳び上がったエマは恐怖のあまりくるりとベッドに背を向ける。体当たりするように扉を押し開き、その勢いで部屋を飛び出した。

「な、何……!?」

部屋の外に控えて王のお成りを待っていた女官たちを押しのけ、エマは通路を走り出していた。

怖い、グラン助けて。わたしには耐えられない。

縺《もつ》れそうな足を必死で動かして通路を走り抜けるエマを、最初はあっけに取られて見送っていた者たちも、あわててあとを追い始めた。

その喧噪《けんそう》がいっそうエマを追い立てる。

薄い衣を翻し前も見ずに角を曲がったときだ。向こうから歩いてきた硬い物体にぶつかって跳ね返される。そのまま倒れかけたのをがっしりした腕が抱き留めた。背後から「陛下」「国王様」という声が聞こえる。すると自分を捕まえているこの男が国王、残酷王なのだ。

恐怖が大波となってエマを襲う。絹を裂くような悲鳴を上げて、エマは逃れようと必死になった。だが放すまいと抱き締める腕は強く逞しく、エマはどうしても逃れられなかった。

「どうなっているんだ。どうしてエマはこんなに怯えている。誰が彼女を脅したのか。それにこんな薄物……。透けて見えそうではないか」

パニックに陥っていたエマの耳に、馴染みの声が響く。空耳だろうかと疑いながらも、エマの抵抗が少し弱まる。もう一度その声を聞きたくて、むやみに叫んでいた声も止まった。

「エマ、大丈夫か。本当になんでこんなことに」

間違いない。これはグランの声だ。でもどうして？

エマは混乱したままどうしていいかわからず、身体を硬くして、おそるおそる顔を上げた。

「グラン……？」

か細い声で呼びかける。

「そう私だ。落ち着くんだ」

言いながら彼は羽織っていたどっしりした上着を脱ぐと、エマの身体を包み込んだ。

「もう心配はいらない」

普段はぶっきらぼうな声が、今は最大限の労りを込めてエマに話しかけている。

グランに間違いはないけれど、でも回りの人たちは彼を「陛下」と呼んでいる。わけがわからない。

「あとで説明するから、ここは任せなさい」

上着にくるみ込んだエマを軽々と抱き上げてから、彼は回りに集結した女官や侍従、警備兵たちを睨みつけた。

「これはどういうことだ、説明しろ。私は話をしたいとエマを呼んだだけなのに、なぜこんな夜伽《よとぎ》の恰好をさせられているのだ」

威厳のある声に鋭く咎められて、皆がたじたじとなる。中の一人、エマを迎えに来た老女がおずおずと説明を試みた。

「南宮の御方を夜伽にというご命令を受けまして、そのように手配いたしました」

「私が届けさせた白い衣装は？」

「そのようなもの、受け取っておりません」

「指示はどのようにして届いている」

「いつもの御小姓が……」

「このような命令は出してはおらぬ。小姓を探し出せ。衣装を持たせた侍女もだ」

ぴしゃりと言いつけているのは、本当にグランだろうか。いかにも命令し慣れた威厳が感じられる。エマがぶるっと震えると、彼は言葉を切り歩き出した。

「わかり次第報告しろ」

答えも待たず、大股でエマが逃げ出した部屋に戻る。薄暗い室内に灯りを持ってこさせた。焚き込められていた香も片づけさせる。窓を開け放すと、爽やかな風がねっとりとした空気を入れ替えた。

「ここは私のベッドルームだ。隣に書斎もあるが、疲れているようだからエマはベッドに……」

言いかけて身震いして首を振ったエマを見ると、踵《きびす》を返して隣の部屋のドアを開けた。書物とインクの匂いがする。大きな両袖机、周囲にはぎっしりと詰まった本棚、座り心地のよさそうなソファセット、磨き抜かれた紫檀《したん》のサイドテーブル、そして大理石のマントルピース。豪華だが決して華美ではない書斎だった。ソファの上にそっと下ろされ、その頃にはパニックも収まっていたエマが、じっと相手を見上げる。

「あなたはどなた？」

「隠していてすまなかった。私はストーバル国王、グラース・ローゼンヴェルトだ」

「国王陛下……」

エマにグランと名乗った彼は、国王に相応しい美々しい衣装に身を包みエマの前に立っていた。

グランが好きだった。ストーバル国王の花嫁にならなければいけないから、彼との恋は諦めた。悲しくて切なくて辛かった。それが、グランがグラースだった？　つまり自分の苦悩は茶番でしかなかった？

喜びどころか欺《あざむ》かれたという怒りが湧いてきた。エマは硬い顔のまますするりとソファから下り、深々と礼を取る。

「フローレンスから参りました、エマ・オブライエンでございます」

「エマ……」

困惑したようなグラースの声。だがエマは頭を下げたまま、あとを続ける。

「国王陛下と存じませず、数々の無礼お詫びいたします。フローレンス国王太子様の代わりとしてストーバルにやって参りましたが、花嫁としてもご所望なのでしょうか」

「エマ、聞いてほしい……」

グラースが言いかけたとき、ノックの音がして先ほどの老女官が入ってきた。

「陛下、ご下問の件ですが、小姓も侍女も姿を消していました。それと侍女の部屋からこんなものが……」

それはグラースがエマにと持たせてやった、純白のドレスだった。胸元を飾る繊細なレースの襞《ひだ》が美しい。

「彼らが誰の指図で動いていたのか、調べるのだ」

グラースの声が彼の不機嫌を現すかのように、地を這うように低くなった。

「承知いたしました」

老女官が恐々として承った。そのあとで、老女官はエマに視線を向ける。

「ご無礼をお許しください」

深々と頭を下げられて、エマも頷くしかなかった。

老女官が下がってから、グラースがあらためてエマに向き直る。エマも何を言っていいかわからず、戸惑って彼を見上げた。と、すっとグラースが腰を落とし、エマの前に膝をつく。そしてエマの手を取り口づけた。

「明日が出陣と決まって、全てを打ち明けようと呼んだのだ。庭師と勘違いしたエマの間違いを正さなかったのは、グランとしてエマと話すのがとても楽しかったからだ。王としてではなく肩書きのないただの男として。だが、明日出向いたら何が起こるかわからない。だから今夜全てを打ち明けて、心残りをなくしておきたいと考えたのだ。誓って伽のために呼んだのではない。その証にドレスを届けさせたつもりでいた」

「でも、でしたら誰が……」

エマはグラースが老女官から受け取った白いドレスに目をやった。

「ストーバルの歴史書を読んだのなら、我が王家に内紛が多いことは知っているだろう。エマが王妃になっては都合の悪い勢力もあるのだ。私に世継ぎができるのが困る勢力も。だから気持ちが通じ合うのを妨げようと動いたのではないだろうか」

「そんな、そんなこと……」

「現にエマは私を拒絶しようとしているだろう？　グランには可愛く恋心を打ち明けてくれたのに」

「それは、その……、……当たり前だと思います。わたしは欺かれていたのですもの」

口籠《くちご》もって俯き、でも自分には非はないと開き直ったエマが視線を上げると、優しい眼差しが待っていた。これがあの無愛想なグラン？　いや好きだと言われたときに、彼の情熱的な眼差しは見たけれど。

うっかりその瞳に捕まって、逃れられない。磁力を振り切ろうとしても、グラースは執拗にエマの瞳を追いかけて放さない。

「そのことについては詫びよう。すまなかった。だがグランの気持ちは私の気持ちでもある。エマ、愛している。私の妻になってほしい」

「でも……」

いきなりの展開に、エマはついていけない。グランのことは好きで、グランがグラースだったことを彼が今夜打ち明けようとしていたことは理解した。こんな薄物を纏わせたのも彼の意志ではなかったことも。

でも、ここで簡単に頷いてしまってもいいのだろうか。辛い思いをしたわたしの気持ちは。ぐるぐる頭の中で考えて返事ができないでいるとき、ふとグラースの視線に気がついた。膝をついたままの彼の目はエマの胸に、羽織らせてくれた上着が隠しきれなかった胸許を、じっと凝視しているではないか。それはまるで飢えた獣のようで。

「きゃっ。どこをご覧になってらっしゃるのっ」

慌てて胸許を掻き寄せて隠し、きっとグラースを睨みつける。そのくせ、彼の眼差しに刺し貫かれて、背筋にぞくりと悪寒が走り下腹が疼《うず》いた。

何、これ……。

純潔のままストーバルにやってきたエマは、自らの身体の反応に戸惑う。グラースがゆっくり立ち上がった。握ったままだったエマの手をそっと引いて、彼女を腕の中に収めてしまう。

だがまだ彼女が逃れられるように、輪を作った腕の中に入れただけだ。

エマが逃げようと思えばいつでも逃げられる。そうして様子を窺っている様は、毛を逆立てている子猫を慈しみながら宥めているようで。

撫でられたいと思ってしまったエマの負けだった。

「抱き締めてもいいか？」

尋ねられ、でもまだ素直になれなくて、エマが小さく頭を振る。

グラースがふっと笑う。嫌だと言ったはずなのに、腕の輪が小さくなって引き寄せられてしまう。薄物に包まれた肌が、グラースの逞しい胸と密着した。直接体温が伝わってくる生々しさに息を呑む。

「エマの身体は温かい」

グラースがそっと呟いて背中を優しく撫でた。薄物を通して、グラースの手の感触がはっきりわかる。肩から背中、そして臀部と、グラースの手が彷徨った。触れられる場所がぞくぞくする。

「……ぁ」

口を塞いでいたいのに、どうしても喘ぎ声が漏れてしまう。

「煽《あお》っているのか」

グラースが苦しそうに言って、顎に手をかけた。くいっと顎を上げさせられ、情熱を宿したグラースの眼差しに捕らえられる。

「私は明日には出陣で、返事をぜひ聞きたい。このままでは心残りで戦えない」

「あ、そんな……」

「エマ、返事を」

男に情熱的に迫られて、エマは熱に浮かされたようになる。ぼうっとして思わず、

「好きです」

と答えてしまった。途端にグラースがぐいと身体を放す。

「え？」

戸惑っているエマに白いドレスを頭から被せ、後ろのボタンを留め始める。何をしてるのかと振り向こうとしても、じっとしてと止められた。最後に裾を引っ張ると、下に纏った薄物は見えなくなり、白いドレスを着たエマがそこにいた。

「今は二人だけの誓いを立てよう、私はエマとの絆を固めておきたい」

「……グラース……」

エマにグラースはふわりと笑い、彼女の額にキスをした。二人で窓辺に立ち、カーテンを開ける。月の光が皎々《こうこう》と差し込んできた。その光に照らされながら向かい合う。

「君を永遠に愛すると誓う。エマ、私の妻になってほしい」

「はい。わたしもあなたを愛しています」

グラースが自分の小指にしていた紋章入りの指輪を抜き取り、エマの左手にそっと嵌める。

「これで君は私の妻だ」

「ああ、グラース」

感極まって涙ぐむエマの目許をグラースが優しく撫でた。

「キスをしてもいいか」

聞きながらもうグラースは顔を近づけてきている。そしてエマも自然に目を閉じた。

キスをしながら、ベッドに誘われる。

「今夜は私の腕の中で、快楽にだけ溺れてほしい。いいか？」

熱情で燻《くすぶ》る眼差しに懇願されると、否という返事はできなかった。

いきなりの急展開でも、グラースはこちらの心情を汲んで、怖がらないようにしてくれているのだ。二人だけの結婚とはいえ、月光に照らされながら誓いも立てた。それでも無理強いはしないで、こうしてエマの承諾を待ってくれる。

頷くしかないではないか。

エマが恥じらいながら頷くのを待ってから、グラースは彼女をベッドに座らせ、自分が着せた白いドレスのボタンを外し始める。するりと脱がせてから、薄物に包まれたエマの身体を感嘆の眼差しで見つめた。

「綺麗だ」

「……見ないで。恥ずかしい……」

無意識に両手を交差して胸を隠すと、グラースが身を屈めてきた。

「恥ずかしいなら、見ないようにするから、全て委《ゆだ》ねて」

そう言ってグラースが、顔を伏せ襟ぐりに唇を押し当ててきた。そのまま押し倒される。片方の手がしっかりと腰を抱き、もう片方の手で自在に身体中を撫で回された。

確かにこれだとグラースは自分を見ることはできないが、でも手で触って快感を掻き立てられているから声も出るし、恥ずかしいのは変わらない。なんとか逃れようと身を捩《よじ》っても、屈強な腕はエマを逃してはくれない。

喉《のど》の辺りをさまよった唇に、強く吸われて痛みが走った。身体を這う手は、背中から腰の丸みを何度も往復し、エマの中に疼きを掻き立てる。自分にこんな疼きがあることさえ初めて知った。

「すごく綺麗だ、止まらない」

グラースの手が前に回ってきた。気がつくと、薄物の上から胸を撫でられている。膨らみを鷲掴みにされて息を呑んだ。そのまま揉みしだかれ、仰け反って声を放つ。

「ああっ、や、いや……、あ、んっ」

その声に煽られたのか、グラースがごくりと喉を鳴らし、躊躇うように喉許に触れてから、思い切ったように襟許をぐいと押し下げてきた。延びてきた手が、直に乳房に触れる。エマは息を詰めた。

「……っ、ぁ」

柔々と揉まれ喘ぐ。先端の突起を指で擦《こす》り合わされ、そこから波のように広がっていく快感に身体を震わせた。グラースの唇が、喉から鎖骨そして胸の膨らみへ下がってくる。くつろげられた胸許を、さらに広げられ片方の乳房が露わになった。

「や……っ」

無意識に手が隠そうと動くのを止められる。

「美しい。ちゃんと見せてくれ」

グラースの唇から感嘆の吐息が漏れる。しばらく見惚れていたグラースが、耐えかねたように顔を近づけてきた。たわわな乳房を持ち上げるようにして乳首を口に含む。

強く吸われて総毛立った。

「いやぁ……。あ、あ……、んっ」

ちゅくちゅく音を立てて吸われ、身体の中をわけのわからぬ熱が駆け回る。何かとろりとしたものが腰の奥から生まれ伝い落ちる。もじもじと足を擦り合わせている間にも、グラースは片方を唾液まみれにし、反対側も押し開いて同じように愛撫した。

愛おしそうに乳房を揉みしだいていた手が、今度は下半身に向かう。ひっきりなしに身悶えていたせいで乱れてしまった裾から、手を這わされた。

膝から内股の際どいところを撫でられ、エマはいけないと首を振る。

「駄目……ぁ、そんな、とこ……、さわら……いで」

上擦った声で制止してグラースの手首を掴むが、力の入らない指では排除することもできない。その間にグラースの手は容赦なくエマの秘密を暴いていく。

さらさらと枕の上で乱れるエマのプラチナブロンド。剥き出しになった双の乳房は震え、たっぷり吸われた唾液まみれの乳首には、硬い芯ができて熟れたように赤くなっている。

下半身も、あられもなく乱されていた。腿《もも》の間のほの暗いその奥まで、どうかすると見えてしまいそうだ。

グラースがエマの淫らな様を凝視している。

「いや……見ない、で」

強い視線に恥じらいながら、なんとか隠そうと身を捩るのさえ艶めかしく、グラースの情動をさらにかき立てるばかり。

「欲しい」

呻くような声が漏れた。官能を直撃する声にぶるっと震える。霞んだような視界をなんとかはっきりさせようと見開いたら、琥珀の瞳が獰猛《どうもう》な光を湛えてエマを貫いた。内股に置かれていたグラースの手が、その瞬間秘処に触れる。

指が宝物に触れるかのように形をなぞった。ぞくぞくした痺れが背骨を駆け上がり、駆け下った。

「濡れている」

驚いたように呟かれた瞬間、身体がびくびくと震え仰け反った。

「あぁぁ……」

嫋々《じょうじょう》たる艶声に、グラースが目を見張る。

「イったのか」

イったのかと言われても、エマにはなんのことかわからない。ただ、頭の中が真っ白になり、鋭い稲妻が身体の中を駆け抜けた気がするだけ。

はあはあと喘いでいると、急に頭を抱え込まれ、グラースの胸に押しつけられた。グラースの心臓が重く脈打っている。何？　と見上げようとしたのに、きつい束縛で叶わなかった。

自分からすりっとグラースの胸に頭を擦りつけたら、

「甘えているのか」

と耳語される。物欲しそうに腿を撫でられてエマが身体を震わせると、いきなりきっぱりと手を引き、乱した裾を直される。上半身も両方の乳房に口づけたあと、素早く襟を引き上げ隠してしまった。

いらないと拒絶されたようで切なくなり、エマはどうして？　とグラースを見上げる。掻き立てられて身体の中で燻っているものをどうしたらいいのだ。

「エマ、私は今日全てを奪うつもりはなくて……」

「でもわたしが欲しいのではないの？　もういらなくなったの？」

切なく感じたことをそのままぶつけると、グラースが「違う」と強く否定してきた。

「抱きたい、欲しい、最後まで。だが告白の場を用意したのは、心残りのまま出陣したくなかったからだ。エマの立場を中途半端にしたくなかった。誓いが君を守ればいいと願って。だから初夜は帰国してからと……。ああ、詭弁だな。こんなに君が欲しくて堪《たま》らないのに」

そう言ってグラースはエマの手を導き、自身の股間に触れさせた。

「わかるか。エマが欲しくていきり立っている」

エマは羞恥で目許を伏せた。触れたところに硬い昂りがあることを教えられたからだ。それが何か知っている。月のものを見たときに、乳母から教えられた。どうやって子供ができるのかも。男のその部分が変化して自分の女の部分に……。

乳母の言葉を思い返しながら、項から朱が駆け上がっていくのが自分でもわかった。顔が熱い。身体の熱も上がっていた。

これがわたしを欲している証なら、触れてみたい……。

小さな声でエマは自分の望みを言った。精いっぱいの勇気を振り絞って。

「触ってもいい？」

声が小さすぎて聞こえなかったのか、グラースからの反応はない。ただ触れていたその部分がぐっと膨らみを増したように感じた。

「……エマ、君は私を追い詰めたいのか」

吐息交じりに詰られてもエマには意味がわからず、きょとんと見上げた顔は、寸前の羞恥から眦がうっすらと赤く頬も薄紅をはいたようになっていた。グラースの身体が緊張する。

「このまま逃がすつもりでいたのに、君が悪い」

いきなりそんなことを言われ、グラースがばさばさと服を脱ぎ捨てる。しなやかな裸体が現れた。直視するのはさすがに恥ずかしくて目を伏せても、広い胸や鍛えられた二の腕が目に入ってくる。

見惚れていると、

「私だけか？　君も……」

脱ぐように促され、もたもたと薄物を取り去ろうとしたが、恥ずかしいのとグラースが上に乗っているのとで、簡単にはいかない。

くすりと笑ったグラースがエマの手を引き上半身を引き起こし、するりと頭から脱がされてしまった。え？　と思ったときには、もう元の位置に押し倒されている。

瞬きするほどの早業だった。

考える暇もなくグラースがエマの手を取り、下半身に導いていく。

戸惑っているうちに熱の塊に手を押しつけられた。

「これが私だ」

熱い息を漏らしながら、グラースがじっと反応を見ている。少しでもエマに躊躇する様子が見えたら、すぐにでもやめるつもりなのだろう。

「あなたの命なのね」

正確には命を生み出すものという意味で言ったのだが、告げた瞬間グラースが目を見開いた。そして愛しくて堪らないと言いたげな甘い笑みを浮かべ、片方の手でぐっとエマを抱き寄せた。

「動かして」

耳許で囁かれる。エマはグラースに促されるまま、彼のものを握り上下に擦り始めた。

「ああ、そうだ。……悦《い》い」

掠れた声がエマの官能を直撃する。ぴったりより添っている身体がぶるっと震えた。それはグラースにも伝わったらしい。「感じたのか」と楽しそうな笑みを浮かべている。言われて、これが感じることなのかと納得した。恥ずかしいけれど、グラースが笑っているからエマも幸せな気持ちになる。

その後は言われるまま懸命に指を動かし、根元にある二つの膨らみを撫でたり、また先端部分に細い指を触れさせたりした。すると、なんだか滑ったものが手を濡らし始める。

ねちゃねちゃと水音がするので、なんだろうと思いながらも、グラースが説明してくれない動かす。


のでそのまま手を動かし続けた。

「もっと強く。下の方を。そこを指で押して。速く、勢いをつけて」

次々に指示されて自在に手指を操《あやつ》られる。ときおり艶めかしい吐息が聞こえる。それがエマの意識を痛撃するのだ。じっとしていられなくて、もじもじと腰を動かしながら、懸命に手も動かす。

　水音がますます耳につくようになった。潤《うるお》いが滲《にじ》み出る先端部分を弄《いじ》っていると、いきなりグラースの身体が硬直し、エマを抱いていた腕に力が入る。そして、触れていた昂りが急に膨らみを増し、次の瞬間熱い奔流が先端から溢れてきた。

どくっどくっと勢いよく飛び出したものは、エマの手と添えられていたグラース自身の手で受け止められる。

　わけがわからずにいたら、しばらくしてグラースが大きな息を吐き、視線を合わせてきた。額に汗を浮かべ、目許に僅かに朱が浮いている。うっすらと微笑んだその顔の壮絶な艶に圧倒された。見惚れて目が離せず、背筋を何度も痺れが走り抜ける。

「イったよ。君のおかげで」

「イった？」

　さっきも聞いた言葉だがわからない。グラースは戸惑い顔のエマにはかまわず、股間に導いていた手を引き抜くと、側にあった布で濡れた手を拭ってくれた。苦笑しながらグラースは布を丸めて屑籠に落とし、口づけてきた。

唇を舌で嘗められる。戯れのように軽く齧《かじ》られじんと痺れが走った。口づけに夢中になる。舌が中に入ってきて、深く口腔《こうくう》を探られた。舌同士を絡ませたり強く吸われたり、次第に頭の芯がぼうっとしてくる。

またあそこに触れてほしい。また身体の中にもやもやが溜まり始めた。うずうずする。本当にはしたないと思うけれど。さっきみたいなあれが……欲しい。そんな気持ちを持つなんて本当にはしたないと思うけれど。でもわたしはもうこの人のものだから。

そしてそのときになってようやく理解した。あれがイくということだったのだと。

「わかったわ。イくということ」

見上げると、グラースが「可愛い」と呟いた。

「何も知らないエマに私の色をつけている。……よいのかな、本当に」

最後の方は自問自答のように聞こえ、思わず言葉を返していた。

「あなたの妻になったからは、あなたの色に染まりたい……」

「……っ、エマ」

強く掻き抱かれ、エマは強い幸福感に身を委ねた。

おずおずと顔を上げて、自分から口づけてみようと試みる。しかし胸の中に抱き締められているから、顔を上げても顎にしか届かない。唇にキスをしたいともぞもぞと身動《みじろ》いでいると、腰の辺りに再び兆《きざ》したグラースのモノが触れた。

「あまり動くな。収まりがつかなくなる」

困ったようにグラースに言われて、自分の動きが挑発になっていることに気がついた。途端にかあーと赤くなる。

「……あなたにキスがしたかっただけなのに」

「エマが自分からしてくれるのか？」

できるのかいと、からかうように言われて、少し意地になる。自分を拘束するグラースの腕を外し伸び上がった。狙いを定めてちょんと押し当てるつもりが、勢いがよすぎて歯がぶつかってしまう。

「いたっ」

手を当てて、痛みを堪《こら》える。グラースが苦笑しながら、顔を寄せてきた。

「キスも私が教えた方がよさそうだ。こうしてそっと押し当てて動かすんだ」

言ったあと実際にグラースは、エマの唇に自分のそれを押しつけて、物憂げに動かしてみせた。唇が熱を持った。なんだかうずうずする。じっとしていられなくなって、グラースの身体にしがみついた。

素肌が直接触れ合って、互いの欲望を伝える。

グラースが微笑んで抱き締めてきた。キスを繰り返す唇が、少しずつ下がっていく。顎、喉、そして鎖骨。そのまま胸まで下がっていき、次の瞬間片方の乳首が彼の唇に食まれた。ちゅくちゅくと吸われ、舌で転がされる。

背筋を何度も震えが走った。

「いや、それ、なんか変……」

震える唇で抗議するが、グラースはやめてくれない。今度は反対側の乳首を嘗《な》め始めた。もう一方は指で摘まれる。一度に両方の乳首を弄られて、エマは仰け反った。豊かな乳房を突き出して、自ら捧げたようなポーズになってしまう。

「ああ……、んっ、や……」

それを存分に愛撫しながら、グラースも堪りかねたように卑猥《ひわい》に腰を揺《ゆ》らす。彼の昂りがますます硬くなったことを教えられた。

「君が私を獣にする」

「や……、そんな、違……っ」

いやいやと首を振りながら、グラースに昂らされる。エマ自身にとっては背筋を走る震えや痺れるような感じ、そして腰の奥で蠢《うごめ》くもの、その全てが未知の感覚だ。どうしていいかわからずに、喘ぎ乱される。

「それを悦いと言うのだ。エマが感じている証だ」

怖いとしがみついたエマにグラースが笑って告げた。

「感じる……？」

「そう、気持ちいいだろ。ここも、ここも。エマは敏感なのだ」

脇腹をさらりと撫でられ、臍《へそ》の辺りで指を動かされると、確かにぞくぞくするのだが、それが悦いということ？　さっきイくということがわかったと言ったが、とんでもない。次々と自分の身体に起こる反応はすべて知らないことばかり。

「その証拠に……、ほら、濡れている」

身体のあちこちを触った指が、さりげなく前に回ってきた。敏感な部分にそっと差し込まれた指が、ねちゃっという水音を立てる。その瞬間、腰から脳天まで何かが走り抜けた。

「あ……っ」

とくりと粘つくものが身体の中から溢れていく。

「また出てきた」

グラースが目の前に指を翳して見せた。どろっとした粘液が指にまといついている。

「これは愛液というのだ。エマの身体が気持ちいいときに出てくる」

つまり自分が「感じている」ことをグラースには隠せないのだ。羞恥で瞼を伏せたエマの顎をグラースが掬《すく》い上げて覗き込んできた。獰猛な雄の眼差しに呑み込まれそうだ。

「私の愛撫で感じてくれて嬉しい。私も我慢できそうにない」

最後までいいか、と耳語されて、エマは真っ赤になりながら頷いた。

欲しいという感情はまだエマの中で明瞭に意識されているものではなかったが、この人を離したくない、側にいたいという思いは強く抱いている。できるだけ近くに行きたい、融け合ってしまいたいという欲求も。

グラースが顔を寄せてキスを仕掛けてきた。何度か唇を啄んでから、「口を開けて」と囁いてくる。深い官能を秘めた声に諾々と従った。

開いた口腔にグラースが舌を入れてくる。縮こまっているエマのそれをつつき、おいでと促される。おずおずと誘われるままに舌を差し出すと、即座に強く吸引され甘噛みされた。後頭部がじんと痺れる。

「さあ、自分からも絡めて」

促されてぎこちなく舌を動かした。自分からグラースの唇をちろりと嘗めると、すぐに彼が中へ迎え入れてくれる。戯れのように舌で押し合ってから、再び絡ませた。積極的に動いたときの快感はさらに悦くて、唇を離したときは銀色の筋が二人を繋いでいた。

グラースが愛おしそうにエマの頬に触れる。

「蕩けた顔をしている。可愛い」

吐息のように囁かれ、エマも熱に浮かされたようにグラースを求めた。

グラースがするすると身体をずらし、臍を嘗めその下にも舌を這わせていく。内股を掌で撫でたあと、唇を寄せて強く吸った。つきんと痛みが走り、身体を震わせる。今度は反対側にも。

「あ……んっ」

「痕をつけた。エマが私のものである証だ。これが消えないうちに絶対に帰ってくる」

エマは快感で潤んだ眼差しを上げた。グラースをしっかりと認め、声を振り絞る。

「お待ちしています」

グラースが一つ頷いた。

「約束だ」

そう言ってからグラースは自分がつけた痕に、愛おしそうに何度も口づけた。顔を上げ、先に進むと目で合図してから、そうっとエマの秘処に触れてきた。敏感な場所だ。先ほどは触れただけでイってしまった。

下生えを梳くようにしながらやわやわと揉みほぐし、次第に急所に近づいていく。そうして指が一本、秘裂に忍び込んできた。花びらを掻き分け花芯を探し出す。

愛液でしとどに零れているせいか、指くらいならさほど困難ではなく受け入れられる。しかしエマにとっては初めての試練だ。

自分の中に何かが入ってくる。しかも普段触れることもない場所に。

目を見開き、グラースの腕を掴んだ。無意識に爪を立てるエマに、グラースが困ったような顔をし、キスをしてきた。

「大丈夫だから、任せるのだ。けっして君を傷つけたりはしない。力を抜いて」

あやすようにキスを繰り返し、無理はしないと指も引き抜いて、エマの強ばった身体を宥める。熱の籠もった眼差しや声はエマの官能を高めるのだが、意識して身体の力を抜くことができるまでは少し時間がかかった。

ようやく柔らかくなった身体に、

「いい子だ」

と微笑んでグラースが再び密やかな部分に手を伸ばす。

「息を吸って、吐いて。止めるんじゃない」

呼吸の仕方まで指示しながら、グラースの指が再びエマの中に沈む。今度は何をされるかわかっていたせいか、ゆったりと呼吸をしながら自分の中の指を感じていられた。

グラースが中で指を動かす。

「……っ」

生々しくそれが感じられて息を呑んだが、呼吸を止めるなというグラースの言葉に従っていると怖さはなくなり、その代わり何かもどかしいものが湧き出して身体がうずうずし始めた。

「締めつけてくる」

グラースの感想にエマの身体が熱を帯びる。

「言わないで……、恥ずかしい」

「なぜ？　触られて感じるのは当たり前だろう？　君に触れているだけで何度でもこうなる私の方が……」

言いさして、グラースが自分の腰を押しつけてきた。熱く昂ぶったその部分が、エマの意識を揺さぶる。

「君の中に入りたいと、訴えているのがわかるか」

深い渇望を込めた声に、エマは顔を上げグラースを見つめて頷いた。

「来て、わたしの中に」

腰に当たっていたモノがびくんと反応した。

「うっ」

グラースの呻き声にぞくりとした。中を掻き回されて、ぞくりはぞくぞくに変わる。ひっきりなしに身体が震え、じっとしていられない。

グラースが指を引き抜き、二本揃えて突き入れてきた。ぐちゃぐちゃと恥ずかしい水音がする。自分の内部が立てる音だ。聞きたくないのに耳に入ってくる。

揃えた指で何度も出し入れをされた。中を擦られるのが気持ちいい。出ていくときは引き留め、戻ってくると歓喜して食い締める。もちろんエマが意識してしていることではない。身体が勝手に反応しているのだ。

初めてなのにこんなに感じるものなのかしらと、エマ自身は戸惑いの方が大きい。でもさらに指を増やされても、ただただ身体の芯が蕩けそうなほど気持ちよくて、与えられる悦楽で頭がぼうっとしてきた。

グラースが指を引き抜く。脚を抱えて広げ身体を進めてくる。

「できるだけ準備はしたが、最初は少し辛いかもしれない。でも必ず悦くするから」

秘裂に自らの先端を押し当ててそのまま一気に貫き、エマの初めてを散らす。

「ああっ……あ、あ……っ」

灼熱の杭に貫かれたようだった。熱い……、息が苦しい。奥まで征服されて、自分の内部でグラースの脈動を感じる。

「痛いのか？　苦しいか？」

心配そうに顔を覗き込まれた。僅かに首を振る。痛いというより最奥が焼け爛《ただ》れたようだ。苦しいけれども、彼を受け入れられたことが嬉しくて、それほど苦痛は感じない。

グラースが優しくエマの髪を掻き上げる。顎を掬い身を屈めて口づけた。中に含んだグラース自身の角度が変わり、ぴりっと痛みが走る。

「う、動かないで……っ」

慌ててグラースの腕を掴んで懇願する。

「悪かった。だが中はそろそろ馴染んできているはずだ」

気を逸らそうとしてか、グラースが腰を固定したままエマの身体に触れ始めた。愛おしそうにプラチナブロンドの髪に触れ、撫で下ろして耳朶《みみたぶ》を擽《くすぐ》る。頬、唇そして顎へと、優しい指が滑っていった。

胸に両手を置き、たわわな乳房をやんわりと揉む。快感の漣《さざなみ》が走り、腰の奥が愛液で潤った。

「緩んできた」

ほっとしたようにグラースが言って、試すように腰を揺すってくる。今度は痛みはなく、それどころか甘美な震えが走り抜けた。

「どこが感じるのか」

呟きながら、グラースがゆっくりと腰を引き、ぎりぎりまで引き出してから戻ってくる。途中で小刻みに腰を揺すって感じる場所を探しながら、グラースがエマの中を行き来し始めた。

逞しい肉棒に中を擦られて、その摩擦が快美を呼ぶ。入り口付近、真ん中辺り、そして最奥のどの場所も悦かった。蜜路が逞しいモノで埋め尽くされる感触、そしてそれを失う喪失感。ずっと自分の中にいて欲しくて、無意識に中をきゅっと引き締めグラースのモノを包み込む。締めつけるとグラースも感じるのか、小さく呻き声を立てる。それがまた官能的で、エマを堪らなく煽り立てた。

中が馴染んだと見て取ると、グラースの抽挿《ちゅうそう》は次第に激しいものとなり、一突きごとにずんと深々とエマを突き刺して呻かせる。

「んっ、んんっ……あ、そこ……もっと」

熱に浮かされて、あられもない声が次々に口を衝《つ》いて出る。エマ自身は自分がそんなはしたない言葉を言っているとは意識していない。自分が口にする言葉がグラースをさらに昂らせているとも。

「もっと悦くしてやる」

腰を揺すりながらグラースが屈んで乳首に吸いついた。代わる代わる吸われ嘗められて、エマが喘いだ。快感が強くなりすぎて怖いと訴える。かまわずグラースは汗で濡れているエマの身体を抱え込むと、強靭な腰を送り込みエマを高みに導いていく。

「もっと感じて、私に、私だけに乱れるところを見せてくれ」

グラースが何か言っているが、忘我の境地に押し上げられているエマには理解できない。内部から次々に湧き上がる快感に耐えるだけで精いっぱいなのだ。

「あ、あ、……やあっ」

髪を乱し、甘やかな声を振り零す。快楽で蕩けた眼差しをグラースに向けた。それもまた自覚なしにしていることだったが、当然ながらグラースのモノがいきり立つ。さらに膨れ上がったそれに、エマは啼《な》かされることになった。

しまいには声も出なくなり、息だけになる。その吐息が艶めかしいとグラースに掠れた声で告げられた。ぎりぎりのところまで来ていたエマが、力強い一突きで絶頂に追いやられる。

「あああぁぁ……」

掠れた悲鳴を残しながらエマの身体が弓なりに反る。身体の奥から天空目指し、深い快楽が突き抜けていった。達した衝撃でがくがくと痙攣《けいれん》する身体を、グラースがしっかり抱き締める。

そしてグラースもまた、エマの中に思いの丈を注ぎ込んだ。最奥にどくっどくっと夥《おびただ》しい蜜液が注がれる。

身体中が痺れていて、指一本動かせなかった。自分が今グラースに愛されたことをしっかりと自覚する。逞しい彼の胸で愛を知ったのだ。強靱な腕に掻き抱かれ、幸せを噛み締める。

しばらくは二人の荒い息が部屋の空気を乱していた。余韻は長く続いたが、やがて先に平静に戻ったグラースが、エマの中から自身を引き抜いた。汗の浮いたエマの身体を名残惜しそうにゆっくりと撫でる。

「や、触らないで」

肌が敏感になっていて今触れられると、少し辛い。感じてしまうのだ。弱々しくグラースの腕から逃れようとしたが、逆に鋼のような腕に引き寄せられてしまう。

脚が絡みついてきた。腰にまだ硬い彼のモノが触れる。

「え？　イったんじゃや……」

「どうやらまだ足りないらしい」

苦笑しながら告げるグラースに、エマが瞳を泳がせる。

「心配しなくても、初めてのエマにこれ以上無理はさせない」

そう言ってグラースはエマを横向きにさせ、背後から抱き締める。耳朶にグラースの息がかかる。それがくすぐったくてつい首を竦め、もぞもぞと身動いでしまう。イったあとの敏感な肌が、彼との接触でざわついた。

熱が一向に冷めない。背後に感じるグラースの昂りも一段と大きくなった気がする。はあっと欲望を含んだため息が聞こえた。

「もう少し、触れ合っていたい」

ウエストを抱いていたグラースの手が、上に延びてきた。乳房をぎゅっと掴み揉み込んでくる。

「あ、そんな……」

一向に収まらない熱がまた再燃する。グラースは両方の乳房を揉みしだき、先端の突起を摘まんで硬くすると、項に歯を立ててきた。

「やあ、んっ」

欲しいと吐息混じりに訴えられる。でもグラースのモノを初めて受け入れたばかりのそこは、まだ痺れたままで、もう一度となったらかなり苦しい思いをしそうだ。

「大丈夫。君を傷つけはしない。ただ少しだけ協力してくれれば」

グラースのためならなんでもしたいエマが頷くと、彼は「腿を閉じて」と指示した。言われたようにすると、両腿の間にぬるりと硬いモノが入り込んできた。尻から前に向かって挿入されたそれは、硬いが弾力のあるモノで、途中でグラース自身だと気がついた。

身動いだのを挿れられる恐怖と勘違いしたのか、グラースが腰や腿を撫でながら宥めてくる。

「辛いことはしないから安心して」

この体勢はとても恥ずかしい。腿の間の密やかな場所を余すところなく擦られるのだ。そして自分の秘密の場所の近くから、彼自身が覗くという卑猥な恰好。思わず顔を覆ってしまった。

「エマ、いい……」

それなのにグラースのそんな声を聞くと、自分にももっと何かできないかしらと思ってしまう。

「ここを締めておいてくれるだけでいい」

グラースの息が荒くなり腰の動きも激しくなった。そして、ほどなく、粘着性のある液体が迸《ほとばし》った。

「エマっ」

イく寸前、強く掻き抱かれた。荒い息が収まるとグラースが耳許で「愛している」と囁く。

エマは緩くうなずいた。

グラースは嬉しそうに笑って、ゆったりとエマを抱き締める。ようやく身体の火照りが収まり始めていた。今はこうして肌を触れ合わせていられるのが嬉しい。

「明朝、港の制圧に立つ。おそらくすぐに片づくと思うから、帰ってきたら結婚式の準備をしよう。きちんとお披露目をしなければな」

その言葉にエマの顔が少し曇る。そうだった。グラースは明日戦いに行くのだ。

「無事に帰ってきてくだされば、結婚式など……」

言いかけた唇を指で押え言葉を封じられた。

「そんなことを言ってはいけない。式を挙げるいう目的があるから、速やかに片づけようという意欲が湧くのだ」

「グラン、いえ陛下……」

「君にはぜひグラースと呼んでほしい」

熱い眼差しで覗き込まれ、エマが頷く。

「はい、グラース」

「それでいい。留守を頼む」

そう言ってグラースはエマの額に口づけ、唇をちょっと齧ってから、あらためて彼女を腕に抱いて目を閉じた。

「明日は起きなくていい。いや、たぶん起きられないはずだ」

笑みを含んだ声で言われた通り、翌朝エマはベッドの中から、戦支度を整えたグラースを見送ることになった。起きようと努力したのだが、腰が立たなかったのだ。

「気にするな。初めてなのに無理をさせた私が悪い」

大らかな笑い声を残して、グラースは出陣していった。

しんとなった部屋で、エマは目を閉じ静かに祈る。グラースが無事に帰ってくるように、戦う兵士たちの犠牲が少なくて済むようにと。

国王が出陣した王宮は火が消えたようだった。起き上がれるようになるとエマは南宮に戻る。彼女が秘密裡にグラースと結ばれたことはまだ公にされていなかったから、身辺は静かなものだ。

これまでと違うのは、グラースの動静が侍従長から逐一入ってくることだ。エマの不安な気持ちを慮ったグラースが手配しておいてくれたらしい。日々早馬が知らせてくることを、グラースの手紙と一緒に届けてくれる。

軍旅の野営地で、忙しい合間に一筆書いてくれる彼のおかげで、エマはあまり不安にならないで済んでいた。そういう心遣いをしてくれるグラースは、心の細やかな人なのだとあらためて感じる。クレメンスが庇ったように「残酷王」としての所業には事情があったのだろう。

いつものように生活していてくれと手紙にあったから、ここ数日エマは自分の庭と薔薇園を行き来している。薔薇園の扉の鍵を、グラースが置いて行ってくれたのだ。自由にしてくれてかまわないと言って。

そう言われても手を出す気はさらさらない。ただベンチに座って薔薇を眺めるだけだ。ぼうっと見ながらグラースを想っている。

でも今日は何もする気になれない。手紙によると、そろそろ反乱都市に到着する頃なのだ。もしかしたら今頃はもう戦闘になっているかもしれない。グラースは総指揮官だから、真っ先に突撃するわけではないが、危険な場所にいることは確かだ。

もちろん今朝も起きてすぐ礼拝堂で神に祈りを捧げた。心から無事の帰還を祈っているが、大丈夫だと信じてはいるが、心配でならない。

つば広の帽子を被ったままベンチに腰を下ろし、物思いにふけりながら自分の庭を見つめていると、不意に背後から声をかけられた。

「美人が憂いのある表情をすると、魅力が何倍にもなるね」

グラースの声、と思いかけて、似た声の持ち主がもう一人いたことに気がついた。

「あら、トマス、いえトマス殿下」

素早く立ち上がって、深々と礼をする。トマスはいつものように華やかな服装で立っていたが、エマの振る舞いに顔を顰めた。

「よしてくれないか。虚礼はわたしがもっとも嫌悪するところだ」

「でもほかにどうすれば？」

「前と同じく、トマスでいい。君に身分を明かさなかったのは……」

そこでいったん言葉を切り、にやりと笑った。

「陛下も言っただろう、ただの男として扱ってほしかったと。同じだよ、君の側は居心地がよかった」

グラースとのことは誰も知らないはずなのに、なぜ知っているのだろうかと疑問が湧く。

「あ～あ、可愛いねえ。わたしの方が先に目をつけていたのに、横から攫《さら》われてしまった」

「変な言い方をしないで下さい」

思わず素で返して口許を押えた。が、謝罪する前にトマスに「それでいい」と大きく頷かれて困惑する。

「国王陛下と結婚すれば君は王妃様だから、わたしの方が礼を尽くさなければ」

わざとらしく片方の腕を胸に当て、脚を一歩引いて恭しく頭を下げて寄越した。居心地が悪い。「やめてください」と小さく言った。トマスがにこりと笑う。

「では君とわたしはプライベートな場所ではこれまで通りということで。もちろん公式の場では知らん顔をするから」

頷きかけて、え？　とトマスを見る。公式の場所では知らん顔？　どうして？

「君も聞いただろ。ストーバルでは内乱が多いって。実は陛下の世継ぎがいない今、王位継承権の筆頭はわたしなんだ。君と親しくしていたら、いらぬ疑いを招いてしまう」

「そうなの？」

「そうなんだ。だからわたしと親しいなんて、ゆめゆめ口外しないでくれよ」

重々しく告げられて、頷くしかなかった。

「さてこれで口止め完了だ。ほっとしたよ。下手にわたしの名前を出されたらどうしようと案じていんだ。といって南宮に押しかけるわけにもいかないからね。……そんな憂えるほど心配しなくても陛下は歴戦の勇士だ。さっさと終わらせて帰還されるだろう」

「本当にそう思う？」

「思うんじゃなくて確信しているんだ」

大丈夫とエマの肩を気楽に叩き、トマスが飄々として歩き去る。

後ろ姿を見送っているとなんだか丸め込まれた気がしてきた。結局何をしに来たかというと、口外するなとわたしの口を封じに来たわけで。そして新しい事実も知った。

王位継承権筆頭……。

トマスの言葉が蘇り、「大変だわ」と顔を押えた。

「つまりわたしが王妃になっては困る人の筆頭ということじゃない。それにグラースに子供が生まれるのを阻止しそうな人。でも……」

そんなことをしそうにない人の筆頭でもある。そんな面倒なことするわけないよと嘯《うそぶ》く彼の言葉さえ聞こえてきそうだ。

親しい口を聞いていても、トマスのことはまだよくわからない。気さくな人のようで、真意を悟らせない感じだ。なぜ自分に近づいてきたのか、どういう思惑があるのか。

「でもグラースをよく知っている人に大丈夫と言ってもらって、少し心が軽くなったわ」

自分にできるのは、グラースを信じて待つだけだ。

エマの願いが叶ったのは数日後。タキアでの反乱を鎮圧し、帰還の途に着いたという知らせが届いたのだ。グラースの短い手紙にも、急いで帰るとあった。胸がいっぱいになって、思わず手紙を抱き締めていた。

手紙を届けてくれた老女官がおもむろに切り出す。

「陛下からお指図がありましたので、午後、王室御用達の仕立屋が参ります。採寸をお許し下さい」

「採寸？」

「はい。まずはウエディングドレスです。それから舞踏会用の衣装、茶話会のドレス、晩餐会のドレス等々ですが、特にウエディングドレスはエマ様のご希望を可能な限り伺ってデザインするように言われています」

「ウエディングドレス……」

純白のドレスで祭壇に向かう自分の姿がちらりと脳裏を掠めた。

「午後は部屋にいることにします」

嬉しいけれど、今のエマは自分の着るドレスより、グラースが帰ってくるという喜びで頭がいっぱいだ。

昼食のあと待っていると、間もなく仕立屋がやってきた。

仕立屋は中年の女性で、丁寧にエマの採寸をしたあとで、デザインの希望を尋ねてきた。フローレンスで作ってもらった華美なドレスは場違いになる。ストーバル風が合うだろうと、任せることにした。

「あまり華美にしないですっきりと纏まるように。他はお任せするわ」

仕立屋の女性は腕が鳴りますと張り切って帰っていった。

結婚式……。

エマの幼い頃からの夢。皆に祝福されてバージンロードを歩み、夫となる人にその手を預ける。

だが先日の二人だけの誓いも感動的だったし、全く後悔はない。あの夜は二人だけの、これからは国のための、正式な式を挙げるのだ。

でも今は早くグラースに会いたい。会って無事を確かめたい。

そう思って待っているのに、帰還の軍はなかなか首都に戻ってこない。戦勝を祝賀して、あちこちで引き留められているからだ。

痺れを切らした頃、ようやく先触れが宮殿に到着した。

侍従長から伝言があり、エマはグラースを出迎えるために南宮を出た
侍従長からの伝言はいつもは老女官が持ってくるのだが、今回は知らない若い女官だ。庭を突っ切っていくのが近道だといわれ、躊躇わずにいつも散歩している道を急ぐ。

彼女を先頭にエマ、そして付き添いとしてクレメンスが続く。女官は遅れることを気にしているのか小走りに急ぎ、エマも気が急くまま彼女に従って足を速めていた。

「エマ様、ちょうどよかった」

こちらが急いでいることを知らない庭師のゴルムが、通りすがりにエマを見つけて話しかけてきた。それによると、黒星病が発生しているとのことで、適宜薬液を散布、あるいは病に侵された枝を切り取るなどの作業が必要になると告げられる。

「薔薇の大敵なんで、陛下の薔薇園が心配で」

だがそこに入れるのは今のところエマただ一人。

「知らせてくれてありがとう。ちょうどこれから陛下がお帰りなので、一緒に見て回ります」

礼を言って振り返ると、待っていた迎えの女官が急かすようにこちらを非難する目で見ていた。そう言えば、ゴルムと話している間も何度か遮ろうとして、クレメンスに目で窘められていた。

「ごめんなさい、足止めして」

にこりと笑って詫びてから歩き始めると、女官はまるで走るようにスピードを上げる。さすがにそこまで急げなくて、エマはクレメンスに苦笑してみた。

「そんなに急がなくても、ねえ。お会いしたいのはわたしも同じだけど……」

その瞬間だった。

いきなりどぅんと破裂音がして、女官のいた地面が炸裂した。衝撃で吹き飛ばされた女官が、地面にどさりと倒れ伏す。

声も出せずにエマは、目も口も大きく開いたまま固まった。

「な、に……？　何が、起きたの……」

少ししてようやく手を伸ばしクレメンスに縋る。クレメンスも衝撃で小刻みに震えていた。おかげでこれが現実だと認識でき、女官の状態を確かめなければと思いつく。よろよろと近寄ろうとしたら、クレメンスに強く引かれて蹈鞴《たたら》を踏んだ。

「近づいてはなりません」

無理やり平静を保ったような声でクレメンスが言う。

「え？　どうして？　怪我をしているみたいよ。見てあげなくては」

「衛兵に見させましょう。殿下はここでお待ち下さい」

「でも……」

「見ておわかりでしょう、誰かが爆弾を投げ入れたのですよ、あなた様を狙って。ほかにも何かあるかもしれません。だから、この位置から一歩も動かないでください」

ぴしゃりと言われて、エマはさらに驚愕する。

「わたしを、狙って……？」

クレメンスの言葉が理解を伴って浸透してくると、身体の震えが止まらなくなった。公爵家でそのあとは王家で、エマは大切にされて育った。自分が狙われるなんて、思ったこともない。

背筋を何度も悪寒が走り、身体の震えを止めようと両腕でぎゅっと我が身を抱き締めた。だがそのくらいでは震えが収まるはずもなくて……。

なす術もなく立ち竦んでいるエマを置いて、クレメンスが衛兵を呼ぶ。

爆発音を聞きつけて駆けつけた衛兵たちにクレメンスは「まだ不審者がいるかもしれない。怪しい者がいないか、探せ」と叫び、慎重に動くように要請した。

衛兵たちが注意して近づき、女官の回りに膝をついている。即席の担架で運ぼうという計画のようだ。ほかの衛兵たちは、指揮官の指示に従って、不審者を懸命に探していた。

国王の凱旋というのに、重大な事件が起こってしまった。

「こんなひどいことがあるなんて、可哀想だわ」

女官のことを可哀想にとエマが言った途端、クレメンスがきっと顔を上げた。

「この場所へ誘導したことといい、時間を気にして焦っていたことといい、彼女はこの謀略のことを知っていたとしか思えません。だとしたら自業自得です。人を陥れようとして自分が報いを受けたことに、同情の余地はありません」

きっぱりと言われて、エマは言葉をなくす。ここに早く誘導するために、ゴルムと立ち話をしていたエマに苛立ったのだろうか。

「女官の手当が終わったら、厳しく詮議《せんぎ》してもらいましょう。誰の指示なのか、黒幕の正体を暴かなくては」

いったん南宮に戻りましょうと言うクレメンスの言葉に頷いて、エマは引き返す。身体の震えもまだ止まらなかった。

南宮に戻り、クレメンスが指図して淹れてくれた温かいお茶を飲んで少し動揺が収まった。グラースが言っていたではないか。『王妃になっては都合の悪い勢力、世継ぎができるのが困る勢力がいる』と。

クレメンスが侍従長に使いを出し、やはり使者など送っていないことが判明する。そのまま南宮で待機していてほしいという侍従長からの伝言を受けた。

南宮の警備はただちに増強され、クレメンスの指示で、エマの周囲は女官たちで固められた。フローレンスから来たエミリも一緒だ。全員が、エマを守るという決意を漲らせている。

本宮の方に情報収集に行っていたクレメンスが帰ってきた。その後の状況をエマに報告してくれる。

「重傷の女官に問い正しましたら、知らない男に庭を通って移動するようにと金で雇われただけでした。再び昏睡状態なので、治療が済み次第再度尋問します」

「それじゃぁ……」

戸惑うエマにかまわず、クレメンスが冷静にあとを続けた。

「調査は継続されるでしょうが、時間もかかり、困難になりそうです」

「もしもこのままだと、また誰かが犠牲になるの？」

震える声で確認したエマに、クレメンスが苦渋に満ちた表情になる。

「軍務官の話では、火薬の量が少量だったから、少なくとも殺すことが目的ではなかったと。エマ様を脅して帰国するように仕向けるのが真の目的だろうとのことでした。だから女官が重傷を負ったのは、運が悪かったのでしょう」

クレメンスが冷静に報告する。エマはぶるりと震えた。そのままクレメンスは沈黙を守り、エマもソファに座ったまま物思いに沈んだ。

グラースが南宮に帰ってきたのは、深夜に近い時間だった。

「エマっ」

顔を見るなり抱き締められて、エマもぎゅっと彼の身体に抱きついた。

「すまなかった。恐ろしい思いをさせた。無事でよかった」

「謝らないで。あなたがしたことじゃないのに」

「だが、我が国の、ストーバルの悪癖がしたことだ。私が謝らなくて誰が謝るのだ」

「もちろん、爆弾を仕掛けた本人よ。ぜひ直接謝ってほしい」

強い口調でそう言うと、グラースが戸惑ったように目をしばたいてエマを見下ろしてくる。

グラースの体温にほっとする。グラースに抱き締められたことでようやく通常の感覚が戻ってきた。

「怖くなかったのか？」

「怖かったわ、もちろん。手も脚も震えて、立っていられなかった。でもそれから皆がずっと側にいてくれて、守られていると思ったら落ち着いてきたの」

エマは自分から促して、グラースと共にソファに座った。片時も離さないと、グラースが肩を引き寄せてくる。エマも素直に彼に身を寄せ凭れかかった。

グラースがストーバルの悪癖について語り始める。

「ストーバルの王族は昔から内紛にしのぎを削っていた。自分が王になりたいという権勢欲が人一倍強いのだろうな。身内が最大の敵なのだ。王もだが、王妃も何度もその標的にされ、命を奪われた者もいる。私の母もそうだった。ちょうど十年前だ。父の愛人が我が子を王位につけたいがために、母と私を亡き者にしようとしたのだ。母は私を逃がすために凶刃に倒れた。だが逃げた私も追い詰められて、貴族の庭に隠れたまま動けなくなっていた。そこに現れた救世主は僅か八歳の少女だった」

「え？　それって……」

どこか覚えのある話だ。

「そう、君だ。機転を利かせて反対側に走り、私が逃げる隙を作ってくれた。君は私の命の恩人だ」

なんという偶然だろう。エマは茫然とグラースを見上げた。

「あのあとも追われて、国内のあちこちを逃げ回っていた。その間母を殺したやつらは王に取り入り、王侯貴族のような生活をしていたのだ。愛人は王妃のように振る舞い、義弟は王太子を気取っていた。二年の雌伏を経て元の地位を取り戻した私は、父を追放し、母を殺したやつらを殲滅した。残酷王のこれが由来だ」

一気に説明を終えて、グラース自身は陰鬱な表情でエマを覗き込んだ。

「エマ、君を愛している。私の持てる力全てを使って守ると約束もする。だが、今日のように守り切れないこともあることを、告白しなければならない」

「グラース……」

「国に返した方が一番安全な事は分かっている。……どうしても帰りたいと言うなら……」

言いかけてグラースは頭を振った。

「いや、私は君を手放したくはない。妻として私の傍らにいてほしい」

強い決意を漲らせ、グラースがエマを見据えた。

「命に代えても絶対に守る」

「グラース。わたしもあなたの側を離れたくない。今日みたいなことがあったら、本当に怖いし逃げ出したくなるかもしれないけれど、でもフローレンスにあなたはいないもの。だから帰るなんて言いません。それにわたしはもうあなたの妻だわ」

きっぱり言い切ったエマをグラースが抱き締めた。情熱に燃える瞳が近づいてくる。ぎりぎりまでその眼差しを受けとめてから、エマは静かに瞼を伏せた。唇が重なってくる。何度か軽く啄んでから、深く貪られた。舌を絡ませ甘い蜜を啜り合う。

キスを続けながら、グラースが狂おしくエマの身体に触れてきた。

「ずっと、君のことを想っていた。反乱を起こしたタキア側も、私の鬼気迫る追撃に怖じ気をふるったようだ。使者を送るとすぐに降伏してきた」

エマの首筋にキスをしながら、グラースが唸るように言った。

「君から引き離す全てを私は憎む」

熱っぽい言葉に、エマの意識がとろとろと蕩けていく。命の危機を実感したからこそ、身体は生きている証を求めるのだろう。

たおやかな腕を投げかけて、エマは自らグラースを引き寄せた。自分から誘うのは、とても勇気が必要で恥ずかしいことだ。でも今はそんなことに臆するより、二人の絆を深めたいという思いが強かった。

グラースが立ち上がり、ふわりとエマを抱き上げる。そのままベッドに運んでいき、そっと下ろした。覆い被さってきたグラースが、エマの胸に手を置く。服の上から豊かな膨らみを優しく撫でた。柔らかな素材の布は、グラースの感触をそのまま伝えてくる。

「あ……」

じわりと腰の奥に熱が灯る。その喘ぎ声がグラースを煽ったようだ。

遅くなっても来ると伝言があったから、エマは部屋着のまま待っていた。簡素なそれは、胸元のリボンを解くとするりと腰まではだけてしまう。グラースは性急に布を引き下ろした。たわわな乳房がぷるんと現れる。

恭しく手で捧げ持ったグラースが、代わる代わる二つの乳房に口づけた。ざわざわと肌がさざめく。舌で乳首をくりくりと転がした。すぐにどちらもぴんと立って、存在を主張し始める。そこを舌で押し潰されると、得も言われぬ快感が走った。

じんと背筋が痺れたようになり、エマは「んっ」と甘い吐息を零した。

陶酔しかけた意識の中、エマは羞恥で赤くなり目を伏せた。

グラースに胸を弄られると、腰の奥がざわめき立つ。それは愛撫によって掻き立てられ、熱い奔流が出口を求めてエマの中で荒れ狂う。

手指と舌でたっぷりエマを味わってから、グラースは次第に下の方へ移動していった。乳房を嘗めていた唇は今、臍の辺りにある。着ていた服も一緒に下げられ、腰から上は完全に剥き出しになっている。

清楚な裸体を晒しながら、エマは身悶えていた。グラースの巧みな愛撫は、エマの中から憂いを追い出して、快感でいっぱいにしてくれる。そうなることをエマも望んでいた。

エマを支配するのは、グラースによって与えられる快感だ。

グラースが腰をぐいと持ち上げ、邪魔な衣類を剥《は》ぎ取った。なだらかな腹、淡い茂み、吸いつくような柔らかな内股、そしてすんなりと長い脚。エマの魅力が余すところなく、グラースの前に露わになる。

「綺麗だ」

感嘆しながら呟いたグラースが、エマの花園に口づけた。密集している茂みを舌で嘗め奥に差し入れてくる。その感触にぞくぞくした。思わずグラースの頭に手を伸ばすが、忍び込んだ舌が湿った秘裂で蠢くと、震えが止まらなくなる。

止めようとしたのか、もっとと促そうとしたのかわからなくなった指が、痙攣するようにグラースの背をかき抱く。

「……エマ」

グラースがくすりと笑い、ちゅっと口づけてくる。そのまま自分は、エマの秘密の場所を暴きにかかる。

花びらのような突起をじっくりと舌で舐《ねぶ》る。舌先で探り当てた花芯を吸い上げ、エマに切ない声を上げさせる。

「そこ、や……ぁ、んっ、ぁあ……っ」

頭の芯が痺れたようにぼうっとなり、戦慄く身体を止められない。無意識にグラースの肩に爪を立てていた。腰の奥から迫り上がってきたものが、緩く弾けてじわりと周囲を潤す。

「濡れてきた」

グラースが指で花びらに触れた。摘まんで揉まれると敏感な器官が麗しく開花していく。そのまま試すように指が奥へ入ってきた。

「ぬるぬるしている。私が欲しいと言っているようだ」

指はすぐに二本になり、中で開いて粘膜を押し広げる。ねちゃねちゃと淫らな水音が聞こえた。自分が溢れさせた蜜液が、グラースの指で掻き回されて立てる音だ。

「堪らない」

指を引き抜いたグラースが、今度は三本揃えて突き入れてきた。小刻みに中の襞を擦過する。

「ああっ、い……や、しない、で……、おかしくなる」

身体の中に、触られてこんなに気持ちがいいところがあるとは知らなかった。身悶えながら、エマは脚を閉じようとする。しかしそこには逞しいグラースの身体があって、エマの動きを妨げていた。

しかも、もっとぐいと押し開かれ、グラースの前に、可憐な陰唇や奥のまだ初々しい襞まで晒す痴態を強要されてしまう。

「もっと、乱れるがいい……」

グラースが指を抜き、手早く前を寛《くつろ》げて取り出した自身をエマに押し当てた。濡れそぼった奥深い祠《ほこら》は、嬉々としてグラースのモノを呑み込んでいく。

「あっ、ああっ、グラース……」

「わかるか、今私が君の中にいるのが」

力強く征服して全てを中に収めきったグラースが、荒い息を吐きながらも愛しそうにエマの頬を撫でた。

「エマ、愛している。ずっとこのまま一つでいたい」

甘い睦言を囁きながら、グラースはすぐにも動きたいのを堪え、貫かれた衝撃で痙攣を繰り返すエマの身体をゆっくりと撫でた。

エマが泣き濡れた瞳を開き、ひたとグラースを見上げる。

「わたしもです」

先日処女をなくしたばかりのエマには、グラースの大きさはまだ苦しくて、悦楽は少し遅れてからやってくる。今も、中をくじられていたときに感じていた快感は薄れ、圧迫感ばかりがあった。それでも彼と身体を重ねることができるのは幸せだ。

グラースに身体を撫でられているうちに、快楽に蕩けた記憶が蘇ってきた。中の襞が、ざわざわとさざめいてグラースに絡んでいく。

その小さな動きを敏感に感じ取ったグラースが、快感の火花を大きく育てようと、緩やかに腰を揺すった。

「あっ、動かないで……」

快美が駆け抜け、エマは仰け反った。腰を動かしながらグラースがエマの胸に触れると、惑乱したように慌ててしがみついて止めようとする。

「駄目、駄目よ。そんなことされたら……あっ、……ああ、んっ」

「大丈夫、私に任せて」

グラースは戸惑うエマを抱き締めて、腰を固定し、少しずつ深く強く、抽挿を繰り出していった。グラースの灼熱が余すところなくエマの中を擦り上げ、リズミカルに動いてエマを快楽の海原へ誘っていく。

顔の至るところに小さなキスを繰り返したあとで、赤く色づいた唇を奪った。深く結び合ったあとでグラースの唇は、項の敏感な場所、喉許、そして鎖骨に滑っていっては吸い上げ、花びらのような痕をつける。

その間も腰を送り込むことはやめていない。下腹部から快感が伝わっていき、じわじわ広がりながら脳に達した。脳内で悦楽が弾ける。

エマは喘ぎながら懸命にグラースに掴まった。

「自分で中を締めてごらん」

優しく促され、意識して腰に力を入れてみた。グラースの形がリアルに感じられて、驚いて彼を見上げる。

「さらに敏感に感じるだろう？」

快感の波にさらわれそうになりながらもエマは腰に力を入れる。まだ未熟なその動きが、グラースには嬉しいようだ。自らもその動きに合わせてきた。

愛液で潤った媚肉を掻き回され、次々に弾ける快感がエマを更なる高みに誘っていく。無意

識に腰を振り動かし、中を締めつける。身悶えると豊かな乳房が揺れ、グラースが誘われたように手を伸ばしてきた。

「あ、やぁ……ん」

腰から立ち上る快感と、胸を触られてじんと痺れるような快感、さらに身体のあちこちにある火種もグラースが余すところなく刺激してくる。

「中がうねうねと私を包んでいる。エマも気持ちいいかい？」

グラースが深く腰を送り出しながら、掠れた声で言った。官能を擽るその声で頭の中が真っ白になる。次の瞬間、エマはぶるっと大きく震え絶頂を迎えた。グラースの声が、引き金になったようだ。

強く中を引き絞り、グラースを共に高みに誘った。

グラースが強くエマを抱き締め息を詰める。最奥に熱い飛沫が飛び散った。何度も重ねて放出されて、エマの内部に溢れかえる。

エマの内部から己を引き抜き、グラースの熱い身体が覆い被さってきた。その重みは嬉しいのだけれど、素肌にシャツが擦れるのが、イったばかりの敏感な肌を刺激する。

エマはうっすら目を開けてグラースを見た。自分は全裸なのに、彼は今も服を着ている。それがなんだか理不尽な気がして、グラースを睨む。

「ん？　どうした？」

グラースはゆったりとエマを抱き締めて、満足そうにその身体を撫でている。ときおり戯れにキスをして余韻に浸っていたようだ。睨まれて首を傾げている。

「これ、嫌」

さすがに脱いでとは恥ずかしくて言えず、シャツの裾を引っ張った。だがグラースには伝わったようだ。

「そうだな、君の色香に惹かれて、服を脱ぐ余裕もなかった」

苦笑しながら身体を起こし、着ていた服を脱ぎ捨てた。シャツの下からは、逞しい胸が現れ、エマを軽々と抱き上げることのできる二の腕も露わになった。そして引き締まった腰や長い脚。惚れ惚れと見惚れてしまう肉体美だった。

「これでいいか？」

わざわざ声をかけてきたのは、エマをからかっているのだろうか。

「知りません」

顔を赤くして拗ね、グラースに背を向けてしまう。

「脱げと言ったのはエマなのに、何が気に入らないのかな、可愛い姫君だ」

グラースがわざとらしく言いながら、エマの傍らに横たわり、腕を伸ばしてくる。背後から引き寄せられて抱かれ、今度こそ素肌が密着した。無意識にすり寄ったエマを、グラースは微笑んで受け止め、背後から髪を掻き上げ項にキスをしてきた。

「愛している」

そう言われてはいつまでも拗ねた顔は見せられない。エマは照れたように笑って、少しだけ身体の向きを変える。

「わたしも」

小さな声で告げると、グラースが強く抱き締めてきた。

「絶対に守る」

強い決意を滲ませた言葉に、エマもはいと頷いた。

恐ろしい光景は目を閉じれば何度でも蘇るけれど、この方を信頼してどこまでもついて行こうと、エマは心に誓った。

◇◇◇

宮廷ではクーデターの無血鎮圧の国王を言祝ぐ、祝賀会が始まろうとしていた。

爆弾事件は隠蔽され、表向きストーバルは平穏を保っている。警備は厳重になったし、クレメンスたちもなるべくエマを一人にしないように動いてくれているが、エマ自身は過度に不安を抱えたりしないと心に決め、これまでと同じように過ごしていた。

今、エマの手に嵌まっている大きなエメラルドの指輪は、婚約指輪だと、今朝ほどグラースに嵌めてもらったものだ。先に二人だけで誓いを立てたとき彼にもらった指輪は、エマの宝石箱に大事にしまわれている。

部屋には、グラースからの大変な量のプレゼントが届けられていた。絹でできた光沢のあるストール、宝石を散りばめたサテンの靴、刺繍の美しいハンカチ、手袋、香水。甘いお菓子や、珍しい果物。

グラースが準備してくれたエメラルドグリーンの豪華な衣装は、エマの美しさを、中でも麗しい緑の瞳をこの上なく引き立てていた。襞が濃淡に染め分けられていて、動くとドレープが揺れて漣を作り色の変化が楽しめる。

今夜のドレスだけでなく、茶話会用、舞踏会用などのドレスも運び込まれている。そして今南宮でもっとも注目されているのは、仕立屋が持ち込んだウエディングドレスだ。

等身大のマネキンに着せつけられていて、あとはエマが着て微調整する必要があるから持ってきたのだという。式の前に花婿が見ないように女官部屋に置かれていて、皆の目の保養になっていた。

胸から上は、身体の線を露わにするようなぴったりしたラインで作ってあり、腰から下は襞をたっぷり取り優雅に流れるようにデザインされている。

フローレンスだと宝石を散りばめたりして、きらきら光る派手な衣装になるが、ストーバルではシンプルな中に、手の込んだ刺繍を施したりと、目立たないところに豪華さを潜ませる。

ベールは繊細なレースでできていて、うっかり引っかけたりしないように皆が細心の注意を払っていた。

エミリも、ストーバルでつけられた女官も一緒になってエマの結婚を祝福してくれていて、監視の必要がなくなった今、南宮内の居心地がとてもよくなっている。

花壇を作ったり気さくに女官たちに話しかけたり、刺繍の下手さに落ち込んだり等々、身分を鼻にかけない態度が、お役目でがちがちだった彼女たちの心を解いたのだろう。

今夜のドレスを着るときも、女官たちが総出で、髪型や化粧、身に着ける宝石を考えてくれた。どうすればエマに一番似合うか、エマを引き立てるか。並み居る貴婦人たちの中でエマが最高に目立つにはどうすればいいか、など、当のエマが当惑するほど熱心だった。

高く結い上げた髪には美しい翡翠の櫛を挿し、首にはエメラルドのネックレス。指輪もグラースから贈られたもの一つだけというシンプルさが、ドレスの豪奢さを余計に引き立てる。

エマのスタイルのよさ、中でもすっきり伸びた項の美しさが、アップした髪のおかげで強調されていた。

「完璧です」

とクレメンスらに太鼓判を押された。

グラースの側で微笑んでいられるだけで、エマの美しさは輝く。それに衣装や装飾品の上品さが合わさって、相乗効果を上げているのだ。

王宮の大きな広間で祝賀会は開催された。

クレメンスたちが望んだように、エマは貴婦人たちの中でも一際目だって人目を引いていた。

祝賀会の始まりで、玉座に座るグラースから、エマは正式に婚約者として紹介された。

近日中にも結婚式が行われることも同時に披露すると、会場内は一気に盛り上がる。

祝賀会の最初のダンスはグラースとエマだ。

グラースが玉座から下り、エマの手を取ったときに、控えていた楽団がワルツを演奏し始める。

逞しい腕に身を預け、優雅にステップを踏む。

「君の瞳とドレスの輝きが合って、素敵すぎて吸い寄せられる。エマを手に入れた私が羨ましいようで、男たちが皆私を睨んでいたぞ」

「グラースの見立てがよかったからだわ」

踊りながら軽口を囁き合う。

「この後はストーバルの姫君たちとのダンスが控えている。伯母、叔母、従姉妹たち、ああ大伯母たちもいた。エマを独占できないのが辛いな」

冗談めかしているが、熱く燃える眼差しが本当の気持ちだと伝えていた。嬉しくて幸せで、くるりとターンしながらエマは微笑んだ。

「しっかりエスコートしていらして。わたしちゃんと待っていますから」

一曲踊り終わると、グラースは、

「皆に紹介しよう」

と王族の女性たちが占める一角にエマを連れて行く。

「大伯母様方、彼女がエマです」

「まあ、素敵な方ね」

「……素敵な方ね」

「グラースをよろしく頼みますよ」

「…………頼みますよ」

真っ白な髪を上品にアップした年配の女性二人が、好もしそうにエマに声をかける。同じことを一緒に言うのでユニゾンで聞こえる。よく似た二人でずいぶんシンクロしているなと思ったら、双子なのだという。にこにこしているせいか、ふんわりと優しい温かさがあった。

「私の後見を務めてくれた方たちだ」

グラースがエマに言うと、大伯母たちは皺だらけの顔で破顔した。

「過分な言葉だわ。『……だわ』わたしたちは何もしていませんよ。『……せんよ』ここまで来られたのは全部あなたの力ですからね『……ですからね』」

同じタイミングで話す二人。おかしくて笑うのを堪《こら》えるのにずいぶん苦労した。

ほかの女性たちにも紹介され、淑《しと》やかに一礼する。皆温かくエマを迎えてくれた。

その後グラースはエマを、ソファの一つに連れていって座らせる。給仕からシャンパンを受け取りエマに渡してから、大伯母たちのことを説明した。

先々代の王の姉妹たちは、国王では目の届きにくい福祉面や保険衛生面での役割を担っているのだ。

彼女たちの尽力で首都には幾つもの教会があり、教会には乳児園があり、児童園もあり、寡婦たちの住まいも整備されている。訓練を受けた看護師たちがそれらを巡回して、遺漏がないように努めていた。国中にそうした組織を広げていくのも彼女たちの仕事だ。

当然国民の信頼も厚く、王族の中でも重きを占めている。

「大伯母方は、つつましく生活されていてね、時々でいいので話し相手になってくれるだろうか」

「ええ、もちろんだわ」

「じゃあ、行ってくる。エマも自由に踊っておいで」

そう言うと、グラースは名残惜しげな顔をして離れてく。

目で追うとグラースは王家の女性たちが座っている一角に向かっていった。

大広間では、王のダンスが終わったので、出席者たちが思い思いにダンスの輪に入っていく。

豪華なシャンデリアに照らされるフロアで、華麗な舞踏が始まっていた。

その中でもグラースは一際目立っている。立派な体躯とその威厳とで。ついつい目を吸い寄せられ、エマはそんな自分に気がつくと、苦笑して瞼を伏せた。

シャンパンで渇いた喉を潤していると、ふと目の前が暗くなった。驚いて顔を上げると、トマスだった。どっしりと重厚なグラースとはまた違う、華麗で軽やかな印象だ。

「初めまして婚約者殿、一曲お願いできますか」

わざとらしく初対面を装い、図々しくダンスに誘ってくる。失礼だと思うのに、悪戯っぽい光が踊るコバルトブルーの瞳を見ると、つい承知してしまった。

「いいわ」

シャンパンをテーブルに置いて立ち上がる。トマスに手を取られてダンスの輪に加わった。

「君は羽のように踊るね。国王陛下はちゃんと君のダンスを褒めたかい？」

トマスがにやにや笑いながら尋ねてきた。

「さあ、どうでしょう」

「これは、言ってないな。僕なら君の身のこなしが優雅だとか、震いつきたいほど項が色っぽいとか、言ってあげるんだけど」

「色っぽいなんて、むしろ口を噤んでいただきたいわ」

「いやいや僕が口を噤むと、目は口ほどにものを言うからね、かえってよくない。ほら、こんな目で見たら、陛下に怒られる」

そう言いながらエマを華麗にターンさせ、斜め上から強烈な流し目を寄越した。確かにぞくりとするような魅力がある。

「まあ、いつもその手で女性を口説いているのかしら」

手にした扇で軽くトマスの肩を叩いた。

「おや、君は誘惑されてくれないの？　……がっくりだな、僕の流し目が通じないなんて。陛下はよき伴侶を得られたようだ」

ちょうど曲の変わり目で、綺麗に踊り収めたトマスは、元いた場所までエマをエスコートしてソファに座らせた。

「少しでも僕にふらっとしたら攫う気満々だったのに。残念」

最後まで戯れながらエマの手にキスをして、トマスが離れていく。

「男を手玉に取るなんて、なんて恐ろしい。陛下の婚約者の自覚はないのかしら」

わざと隣に座った権高い貴婦人が嫌みを言う。今のトマスの言葉を聞いていたらしい。わざわざ弁解するのも誤解を生みそうで黙っていると、

「言い訳のしようもないご様子ね」

と追い討ちをかけてくる。この調子でねちねち言われそうなので、移動しようと立ち上がったときだ。後ろから聞き慣れた低音が女性を咎めた。

「ペロー伯爵夫人、それは言い過ぎだろう。ダンスをしたくらいで男を手玉に取ると非難するとは」

「グラース……」

エマの表情がぱっと明るくなる。反対に伯爵夫人は青ざめ狼狽している。

「エマは私の婚約者だ。以後、エマを侮辱するものは、我を侮辱しているとみて、厳格に処分する」

周りの者にも聞こえるように宣言すると、今にも倒れそうな伯爵夫人を残し、エマの手を取って再びダンスの輪の中に入っていく。

ダンス曲はワルツからカドリーユに代わっていた。グラースがちょっと残念という顔をして、近くの四人で組を作る。

庇ってくれたお礼を伝えたかったが、カドリーユは活発な踊りだから、話をするチャンスはない。

息を喘がせながら踊って、もう無理とグラースに再びソファに連れていってもらう。

給仕からのワインを受取りながら、グラスを片手に身を屈めて尋ねてくる。

「エマ、気がつかずすまなかった」

エマはグラースから渡されたグラスの縁をなぞりながら、ふふふと笑った。

「私なら、大丈夫よ」

その屈託のない笑みを見てグラースも安心したようだ。それでも、

「今後エマを侮辱する者はないはずだ」

きっぱり言ったグラースを、エマは頼もしそうに見上げる。

「ありがとう。そういえば、ダンスはもう終わったの？」

「一通りはね。大伯母たちはともかく、他の王家の女性たちとのダンスは大変だ」

笑みを交わし合ったあとで、グラースがふっと表情を変えた。

「ところで、トマスと踊っていたようだが」

「ええ、誘っていただいたので。陛下の従兄弟なんですってね」

「そうなんだが」

そこで言葉を切り、じろりとエマを見る。なんだか面白くなさそうな顔だ。

「何を親密そうに話していたのだ？」

「グラース……」

思わず笑ってしまった。グラースが自分のところに来たのは、それを気にしたからだと、唐突にわかったからだ。嫉妬する必要なんてないのに。

「おかしいか？　トマスはあの顔でさんざん浮き名を流してきている。私は自分の婚約者が彼に誑かされるところなんて見たくないからな」

言い訳めいて告げるグラースの手に触れた。気にかけてもらえるのは嬉しいけれど、余計な気がかりを与えるつもりはない。

「あの方、わたしのダンスを褒めてくださったの。羽のように踊るって。それとあなたが、わたしのダンスを褒めたかどうかって」

澄まして答える。グラースが目を瞠り、次の瞬間ふわりと笑った。

「これは手抜かりだったな。トマスに先を越された。だが私もちゃんと言うぞ。エマのダンスは素敵だった。とても上手でうっとりさせられた。ということで、また踊っていただけるかな」

グラースの差し伸べた手に、エマも笑顔で手を預けた。グラスを置き、ダンスの仲間に入っていく。

これまでの王は、王族とのダンスを果たしたあとは玉座から動かなかったものだが、これでエマとのダンスは三度目だ。しかもエマと話している王は和んだ表情を浮かべている。

周囲が驚きの目で見ているのがわかり、エマはくすぐったい気持ちでいっぱいだった。

祝賀会は盛況のうちに終わり、集まった者たちは、王が婚約者を溺愛していることを目の当たりにした。

王妃ができて、これで安心。ストーバルも落ち着くだろうと言う者もいれば、人質の他国人を王妃にするなんてと恨み言を呟く者もいた。中には、これまで弱みらしきものがなかった王の、初めての弱みが彼女だとあらためて認識する者も。

◇◇◇

　エマの立場が明確になったことで、茶話会や懇親会、舞台鑑賞、朗読会、そしてもちろん晩餐会も、舞踏会も。ありとあらゆる会合への招待状が舞い込むようになった。さらにこれまでそうした集まりに無関心だったグラースが、エマのために夜会を開いたり園遊会を開催したりし始めたので、ストーバルの社交界はわっと華やいだ。

「同じドレスで行くなんて、絶対に駄目です」

　クレメンスが仁王立ちして目を光らせる。

「ブルーのドレスはこの間洗礼式に招かれて、ほんのちょっと着ただけよ？　とても綺麗なドレープで、気に入っているのだけれど……」

「甘いですエマ様！　皆が鵜《う》の目鷹《たか》の目で、エマ様は常に注目を浴びているのです。そこへつい先日着たのと同じドレスで出席なんて、主催者側に、格が落ちる集まりだから同じドレスで来たと怨まれてしまいます。相手の名誉も損ねてしまい、怨むあまりにあなた様の敵に回りかねません」

　クレメンスの指摘にエマはぽかんとする。そこまで邪推する人がいるのだろうか。

「それと、陛下の婚約者たるあなた様が手許不如意と言われるのは心外です。陛下のお顔を潰すことにもなりますよ」

　エマは緩く頭を振ってため息をついた。

「クレメンス、あなたがいいようにして。わたしの考えが足らなかったわ。でもわたしが同じドレスを着るだけでそんな大事になるなんて、大げさに言ってない？」

「大げさではありません。エマ様のことは全てが大ニュースなのだと自覚なさってください」

エマが折れたので、クレメンスは満足そうにそこで小言を切り上げる。

「すぐに仕立屋に発注します。今度はピンクタフタのドレスなどいかがでしょう」

「……ピンクは似合わないと思うのだけど」

「そんなことございません。濃いピンクで、ウエストをぎゅっと絞って、そこに大きなリボンをつけて。同色のターバンもあれば、金の髪に映えてすごくお似合いですわ」

クレメンスが何かイメージでもあるのか、熱心に勧めてきた。

「……任せるわ。陛下に喜んでいただけるドレスならなんでもいいわ」

「もちろんですとも。お任せ下さい」

いつもは謹厳な顔に笑みを浮かべて、クレメンスが急ぎ足で部屋を出ていく。エマは側に控えていたエミリを呼び、何か飲み物をと言いつけた。

エミリは飲み物と同時に濡れたハンカチを持ってきてくれた。

「頭痛がするのではと思いまして。これで冷やして下さい」

「ありがとう。気が利くのね」

受け取って、ハンカチで額と目を覆う。柑橘系の香水が染み込ませてあるのか、すっきりした香りが、気持ちもすっきりさせてくれた。

エマは疲れていた。毎日目が回るように忙しいのだ。

招かれた全てに出かけることは不可能だが、幾つかの集まりには出席しなければならない。そのたびに新しいドレスが必要だとクレメンスが言い、グラースはどんどん作ればいいと言って自分でも贈ってくれるし、着飾ったエマを見るのが楽しみだと笑う。ドレスに身を包んだ姿を見せると、褒めてもらえてとても嬉しいのだけど、あまりにも忙しすぎた。

婚約者とはいえ未婚のエマが、一人で夜会に出席することはできないので、介添え役として大伯母たちが付き添うことになった。エマを気に入っていた彼女たちが、快く引き受けてくれたのだ。

出かけた先で、社交界の重鎮でもある彼女たちは、エマの防波堤になってくれる。おかげでエマは、夜会や催しで嫌な目に遭わずに済んでいた。

ただ大伯母たちの唯一の悪癖が賭博好きで、たまにカードテーブルに誘われて座り込んでしまったり、ゲーム部屋に籠もって出てこなくなることがあった。

そんなときはいつの間にかトマスが側に来ていて、さりげなく防波堤になってくれる。エマとしては大変助かっていたが、その神出鬼没ぶりには驚かされた。

「これで何度目？　偶然も重なると偶然ではないわ。なぜわたしが困っているのがわかったのかしら？」

遠回しに探りを入れるのが嫌でずばりと聞くと、トマスがとぼけたように笑う。

「国王陛下と違って僕は暇だからね。美しいご婦人方と知り合うチャンスは逃せなくて、めぼしい集まりには顔を出すようにしているんだ。だから君が目当てというわけではない」

「そうだったのね……」

思い過ごしだったのだとしたら恥ずかしい限りだが、トマスはにやりと笑うとあとを続けた。

「ただし、君が出席していて、なおかつ大伯母様たちが賭博に誘われそうな会では、特に注意して見ているけどね」

「それなら、やはりありがとうと言うべきなのね」

「いやいや、礼は言わない方がいい。だって僕は、君の側にいることで噂が立つことを期待しているからね。君と僕が怪しいって」

「え？」

「謹厳な陛下が嫉妬して、何かやらかしてくれないかなと」

「何、それ」

エマはキッと表情を引き締めた。さっと周囲に視線を投げると、遠巻きにしている夫人や令嬢たちが、目配せしたり扇で口許を隠しながら囁き合ったりしている。

「トマス、わたしから離れて」

言いながら自分でも遠ざかろうと歩き出したが、トマスは飄々とした顔でついてくる。

「なんで？　冗談だって。だいたいあんなやっかみの視線なんか、気にすることないよ。君の方が美人だから妬まれているだけだし。そんなに邪険にするなよ」

「駄目、来ないで」

厳しく拒絶すると、トマスも仕方なさそうに歩みを止める。

「君のためになると思ったのに。陛下は嫉妬して、少しは羽目を外した方がいい。だって、真面目すぎるだろ。いつも国のことを考えていて、君のことも後回し。こういう夜会だって、君をエスコートして来ようと思えば来られるんだ。でも敢えてしない。誰かに取られると思ったら、もっと君のことを優先してくれるんじゃないか？」

思わず立ち止まった。

「来ようと思ったら来られるってどういうこと？」

聞き捨てならないと聞き返す。トマスはエマの注意を引けて嬉しそうだ。

「言葉の通りだよ。陛下は有能だから、なんでも一人でやり過ぎるんだ。周囲の者を信頼して政務を預ければ、もっと自分の時間が持てる。君といちゃいちゃする時間もね」

ひょいと片方の眉を上げて揶揄され、エマは目を吊り上げる。

「いちゃいちゃなんて、してないわ」

「それはいけない。ぜひすべきだ。それこそ婚約者の権利で、陛下の膝に乗ってごらん。そうしたらきっと……」

「やめて！」

「お、ちょうど大伯母様方の再登場だ。あの顔はゲームで勝ったのかな。ほくほく顔だ。さて、お目付役が復帰だから僕は退散するよ」

ひらひらと手を振って悪びれずに遠ざかる。途中で大伯母たちに優雅な一礼をして、彼女たちの頬を染めさせていた。

エマは少しばかり混乱したまま取り残されている。トマスの真意がどこにあるのかわからない。事実だけ見れば、お目付役が不在の間エマの側にいてくれたことになるのだが。

「噂を立てられるなんて、困るわ」

悪意を持ってすれば、どんなことだってねじ曲げてしまえる。でも、エマのために動いてくれているのは確かなのだ。

「得がたいお友達だし、後ろめたいことは一つもないけれど」

自分が別の男と噂になるなんて許されないことだ。

そんなふうに悩みながら出かける夜会などの集まりのほかに、ストーバル王妃としての教養を学ぶための進講もあった。主にストーバルの歴史と風俗についてだが、外交関係も大きな題材だ。学者や担当大臣たちが、日替わりで南宮を訪れて講義してくれる。

結局朝から晩までスケジュールがぎっしりで、庭に触れる暇がない。薔薇の大敵である黒星病の処理もゴルムに任せきりだった。

グラース自身も政務に忙殺されていて、日中の時間がなかなか取れないとぼやいていた。自分の手で世話をしていた母親の薔薇園も、今はゴルムに預けているという。

「結婚式のあとはしばらく海辺の離宮に行こうと考えているのだ。二人だけの蜜月を過ごすために。だから、前倒しで政務を進めている」

それを聞いたときエマは、トマスの言葉を思い出した。ほら、と内心で語りかける。

グラースが忙しいのは、一人でやり過ぎるとか、そんなことが理由ではないのだわと。彼がハネムーンを考えてくれているのは、とても嬉しい。その間は彼とずっと一緒にいられるのだから。

そんな二人のささやかな逢瀬は、夕食の時間からだ。夜の予定がないときは、エマの方からグラースの私室を訪れて待っている。すると豪奢な正装姿のグラースが、少し疲れた顔で戻ってくるのだ。王杖を受け取り、どっしりとしたマントを脱ぐのを手伝う。

楽な服に着替えると侍従を遠ざけて、そこからは二人だけの時間だ。

食事は温かなまま、冷たいものは冷たいままキルト製のカバーに入って届けられたものを、エマが配膳する。二人のみの食事など慣例にありませんと侍従たちが声高に抵抗するのを押し切った。

二人それぞれの器によそって食べる。王の食卓としては異例のやり方だ。

実はまだ父公爵が亡くなる前、公爵家の食卓はこうして維持されていた。王女を妻にした父公爵が、お互いを理解するために始めた家族水入らずの方法。

二人で共同作業をすることで親密さを増していく。

実際、権高い王女だった母も、そうして父と親しみ、円満な家庭を築いていたようだ。奉仕されるだけの立場だったから、家族限定にせよ奉仕する立場が珍しくて楽しかったらしい。

エマがその習慣を説明したとき、グラースはすぐに頷いた。

「採用しよう。広いテーブルで給仕されながらよそよそしく食事をするより、その方がいい」

そうして始めてみると、回りに人がいない空間は、グラースにとっても心地よく、日中の張り詰めた気を緩めて寛げると、気に入ったようだ。

ただ、食器が全部銀なのが悩みの種だった。冷製の食べ物ならいいが、せっかく温かくして届けられているのに、盛りつけたらすぐに冷めてしまう。陶器に変えようかしらと、現在好みに合うものを探している。

それともう一つの発見。グラースが見かけによらず、抓み食いするのだ。エマが配膳するとき、皿に載せた食べ物を必ず抓む。確かに時間は遅いしエマだって空腹だから、一口食べてしまいたい気持ちはわかるが、ほんのちょっとの我慢なのに。

言っても悪戯っぽく笑うだけで、その笑顔でつい許してしまう。

最近のグラースの表情の豊かなこと。初めて出会ったときの仏頂面を思い出すと、おかしくなる。そしてその変化が、エマと関わったから起こったのだと彼が言うから誇らしい。

ある日の夕食時、エマは取り寄せた陶器の器を使ってみた。温かなスープは温かいまま、椋《むく》鳥《どり》のソテーも熱々で食べられて、エマとしてはとても満足だ。

だが翌日もそれを使おうとしたらグラースがやんわりと反対した。

「私は銀器が好きなんだ。できれば銀器にしてくれないか？」

そう言われては仕方がない。残念に思いながら明日からそうしますと頷いた。

グラースが銀器に拘った理由がわかったのは、その直後だった。

陶器の器に盛りつけようとしたら、いつものように配膳途中のエマの傍らから、グラースが手を伸ばしてきた。そしてひょいと子鹿のローストを抓んで口に入れる。次の瞬間、グラースは呻きながらそれを吐き出し、口を押えて蹲《うずくま》った。

「グラース、どうなさったの、グラース！」

「み、水を」

慌てて水差しからミネラルウォーターを注いで手渡した。グラースが水で何度もうがいをする。エマは茫然とそれを見ていた。

ようやくグラースが顔を上げる。顔色が悪い。額にはびっしり汗をかいていた。味が変だったのだろうか。でも吐くほど？　宮廷の料理人がそこまでヘマをするとは思えないが。

気になったので味見しようとしたら、伸ばした手をはっしと取られて、「駄目だと」強く押さえられた。

彼はエマの手を取ったまま食卓から離れ、ソファに腰を下ろす。その短い距離ですら、足許が危うい。エマは慌てて支えた。本当にどうしてしまったのか。心配で堪らない。

「グラース、どうしたの？　味がおかしかったのなら、そのことを厨房に言わなくては」

「いや、厨房は関係ないと思う」

「関係ないって、でも……」

ほかに思い当たることがないので、エマの困惑が続く。グラースが自嘲した。

「君が円満な家庭、円満な王家で育ったことがよくわかるな。私のこの状況を見ても、ぴんと来ないのだろう？」

「……ごめんなさい、わからないわ」

「いいんだ。その方が幸せだ」

そこで一度言葉を切り、グラースが衝撃的な事実を告げた。

「実は今の料理には毒が入っていた」

「毒……、え、毒と言ったの!?」

オウム返しに返してから、エマはその重大性に気がついた。さーっと血の気が引く。

「グラース、グラース……、大丈夫なの？」

おろおろとグラースに手を差し伸べた。背中を擦り、頬を撫で、心痛で翳った瞳で懸命にグラースの様子を窺う。

「大丈夫だ。私は小さい頃から毒に身体を慣らしてある。だからたいがいの毒に耐性ができているのだ。今回の毒はヒ素系のもので、もし銀器を使っていたら反応していたはずだったが」

つまり銀器を使うのは毒を検知するため。そしてグラースが抓み食いをしていたのは、エマに害が及ばないようにという配慮からだ。

「わたしが、器は陶器がいいなんて言ったせいだわ……」

ぼやいている暇はない。グラースは青ざめたまま項垂れている。

「医者を呼ばなくては」

呼び鈴を鳴らそうと立ち上がりかけたら、はっと顔を上げたグラースが「駄目だ！」と強く言った。

「呼ぶなら侍従長を。彼なら対処の仕方を知っている。ほかの者はここに入れてはいけない」

「わかったわ」

エマは急ぎ足で部屋を横切り、控えの間の向こう、衛兵の控えている廊下を目指した。侍従長を呼ぶよう伝言し、直ちにグラースの元に戻る。

ソファに寄りかかりながら目を閉じているグラースに寄り添い、抱き締める。逞しい身体が発熱したように熱くて、ときおり瘧《おこり》のように震えていた。グラースの苦しみを思って泣きたくなる。

「ごめんない。何も知らなくて。わたしのためだったのね、先に料理を食べていたのは。わたしが何も知らないせいで」

「こんな危険があると知らない方がよかった……、怖くなったか？」

グラースが自嘲しながら言った。エマは素直に頷く。

「でも、あなたが守ってくれたわ。約束通りに。だから大丈夫。でも、そのせいでこんなことになって……」

泣くまいと思っているのに、ひくっと喉が鳴った。どうしても自分を責めてしまう。

「わたしが銀器を使っていれば」

「そうしたら敵は、銀に反応しない毒を使っていただろう。あまり自分を責めないでくれ。君が無事でいてくれるだけで、私はいい」

そのとき侍従長が入ってきた。が、グラースの様子を見た途端、焦ったように走り寄ってくる。グラースの前に跪き急いた様子で尋ねてきた。

「毒はなんですか」

「ヒ素だ」

「ではこれを。解毒剤です」

懐から黒く固めた丸薬を取り出してグラースに渡す。急いだせいか、ほかの薬を入れた袋までがばらばらと落ちてきた。そんなに毒の種類があるのか、しかもいつも持ち歩いているのかと、エマは愕然とする。

グラースが解毒剤を飲み込んだ。ふーっと息を吐いて顔を顰める。

「それにしてもヒ素ですか」

グラースが薬を飲んだので、侍従長にも余裕ができたようだ。食卓をちらりと見て、食器が陶器なのを目に留め嘆息している。

「エマ様にちゃんとお話しされなかったのですか」

「しなかった。余計な恐怖を与えたくなかった」

「すみません、先ほど聞きました。私、考えが及ばなくて」

エマが、懸命に涙を堪えた声で侍従長に言った。

「大丈夫です。陛下は強靱な方ですから。解毒剤が効いて、しばらくしたら毒も消えるでしょう。それにしてもこの始末、どういたしましょうか。公表して大々的に毒殺犯を追及する手もありますが」

「公表はしない。どうせ蜥蜴《とかげ》の尻尾切りで終わる」

「と言われましても、いい加減になんとかしませんと」

そこで言葉を切り、侍従長が申し訳なさそうにエマを見る。

「ストーバルの宮廷がいつもこれほど酷いと思わないでください。確かに内乱が多い国柄ですが、事件が頻発しているのは、この結婚で付け入る隙がなくなるという誰かの焦りがあるからだと我々は考えているのです」

「余計なことは言うな。エマが怯える」

「いいえ、話してください。何も知らないでこんな思いをするのはもうたくさん」

エマは両手でグラースの手を握る。侍従長が結ばれた二人の手に視線を向け、涙をいっぱいに湛えながらも泣かないで堪えているエマの気丈さにも目を向けた。

「エマ様、どうかご自分を責めないで下さい。陛下はあなた様に余計な心配をかけたくないと思し召したのです。健やかにお育ちのあなた様に、この宮廷の暗闘をあまり生々しく見せたくないと。……まああまり成功していないようですが」

「エマに国へ帰るなどと言ってほしくないのだ」

グラースの言葉に、思わずエマは身を乗り出していた。

「言いません。わたしはもうあなたの妻ですもの。だからどんな危険があるか全部教えて。わたしもちゃんと覚悟を決めます」

「これは頼もしい。陛下、よい奥方様をお迎えになられましたね」

侍従長が微笑みながら言った。

「さて、ではどのようにいたしましょうか」

「エマの前で話すのか？」

躊躇うグラースをエマはじいっと見つめた。絶対にのけにはさせないと。グラースが根負けしたように嘆息する。

「そうだな。エマも知るべきだな。……公表はしないが、毒を入れた人間を特定する必要はある。内密に調査するように」

「早速調べさせます。もっとも、先に姿を消した侍女や小姓のように、もうここにはいないかもしれませんが」

「だが、犯人がわかれば、周辺を調査すれば交友関係が浮かんでくるだろう。共通の知人を探すのだ。そこから手繰ればあるいは……」

「わかりました。それと、取り敢えず数日、陛下は御不例と発表します。陛下の姿がないことで、敵をあぶり出せるかもしれません。毒を仕込んだのが成功したのか失敗したのか確かめる必要がありますからね。どんな手段を用いても、今度こそ黒幕まで必ず行き着いてみせます」

凄みのある笑みを浮かべて侍従長が言った。

指図するために侍従長が出ていき、まもなく指示を受けた侍従が食卓を片づけにやってきた。そのあとで再び侍従長が、自分で軽食を運び込んでくる。

「すぐには食欲も出ないでしょうが、何か食べておかないと身体が持ちませんから」

毒味は済んでいます、あとで食べてくださいと、バスケットを置いた。

このあと侍従と女官を来させるというのをエマは断わった。

「自分たちでできます」

「そうですか。それではよろしくお願いします。夜中に熱が出るかもしれませんが、薬の後遺症ですから心配いりません。朝には下がっているはずです」

しんと静まり返った部屋に、エマはグラースと二人で残された。グラースはしんどそうに目を閉じ、ソファに身体を預けていた。エマも寄り添って座り、彼の手を握る。

「何か食べる？」

「いや、食べることを考えると吐き気がする」

「わたしもよ」

せっかくの侍従長の手配だが、明日の朝食になりそうだ。このままソファにいても寛げないのはわかっていたので、ベッドに行くことにする。

いつもはきびきびしているグラースの動きが緩慢で、寝る支度をするのもおっくうそうだった。エマは横になるグラースを手伝い、自分も横たわった。

グラースが手を伸ばしてきてエマを抱き締めた。熱い。侍従長が言ったように、熱が引くまでしばらくかかりそうだ。

「必ず犯人を捕らえるから、もう少しだけ私の側にいてほしい」

自分も辛いのにそんなことを言ってくれるグラースが切なくて愛しい。

「グラース。大好きよ」

自分からしがみつき、狂おしくグラースの顔にキスをした。ぎゅっと抱き締め合って、夜が更けていった。

腕の中で安心しきって眠っているエマを見るグラースは、複雑だ。彼女を危険に晒している。それでも手放せない。これほど一人の女を愛するようになるとは、自分でも信じられない。

生い立ちから人を信じることがなかなかできず、今でも心から信頼するのは侍従長と彼の息子ベンハートだけだ。その二人が信頼する者を、近くに侍らせているだけ。

だがエマは違った。ぐいぐいこちらの心に食い込んできて、もし彼女が命の恩人でなくても惹かれていただろう。その上であのときの少女だとわかったから、一気に傾倒したのだと思う。

爆弾騒ぎのときは肝が冷えた。そして今回の毒殺事件だ。絶対に犯人を捕まえてやると強く決意しているが、これまでの調査では狡猾な犯人は尻尾を出してくれなかった。

容疑者はいる。エマの日常について情報を流していたのは、その容疑者の愛人だったことがわかっている。南宮に勤めていて、事件後に姿を消した。いなくなった小姓や侍女、爆弾騒ぎの女官にも、容疑者は関わっている。

「節操がないのか」

さすがに呆れた。

だがどれも疑いの段階を出ない。容疑者は悪びれずにあちこちに姿を現し、軽妙な話術で皆を楽しませていた。彼が事件に関わっているとは誰も思わないだろう。とても用心深くて、尻尾を掴むのは容易ではない。

侍従長はグラースを囮《おとり》にするつもりだ。自分ならいくら標的にしてくれてもかまわない。しかしエマに害が及んだら……。

力なく横たわるエマが脳裏に浮かび、ぶるっと震えが走る。グラースは腕の中の娘を見た。乱れた豊かな髪が自分の腕と枕に散らばっている。薄く開かれた唇は艶やかで摘み取ってしまいたいほど瑞々しい。

自分が毒に慣れた身体をしていて本当によかった。エマに害が及ぶ前に助けられたから。侍従長が常備している毒消しのおかげもあり、身体はほぼ正常に戻っている。それどころか一部元気すぎる場所もあるくらいだ。

おそらく命の危機を感じて、子孫を残そうと身体の機能がそうなったのだろう。

「エマが欲しいだけじゃないか」

自嘲したとき、エマが身動ぎした。眠そうな緑の瞳がゆっくりと開かれる。不思議そうにグラースを見て長い睫毛をしばたかせた。それは霧に包まれた深い森林が、差し込んできた朝の日差しで急速に晴れ渡っていく光景を思わせる。

自分がどんな状況にあるかを認識した途端、エマの顔がふわっと赤くなった。項からじわじわとのぼって行く血潮の美しさを堪能する。

抱き締められているのを恥じらったのか、グラースの腕から離れようとしたのを引き戻して腕の中に閉じ込めた。隙間なくぴったりと抱き寄せたので、グラースの身体の変化も伝わったようだ。

「あ、あの、グラース……」

「おはよう」

エマの狼狽を知りながら、グラースは朝の挨拶をする。

まだ男の情熱に慣れないエマが、のぼせたように顔を赤くして視線を逸らす。

「……おはようございます」

小さな声で言ってから、胸に手を置き押しやろうとするのだが、逆に腰から下がさらに密着するはめになる。

グラースの熱情は猛りを増すし、エマは身の置き所のない羞恥を感じているようだ。

「お身体は、大丈夫ですか……」

「ああ」

「でも、その……」

「エマが欲しい」

美しい緑の瞳を見つめながらゆっくりと顔を近づけていく。逃げる気なら逃げられるように、余裕を持って。エマはおろおろと視線をうろつかせていたが、息がかかるほど近づくと覚悟を決めたように目を閉じた。

軽く唇を押し当てて、エマの反応を待つ。何度か啄むようにキスを繰り返すと、緊張で強張っていた身体が、少しずつ柔らかくなっていった。

誘うようにちらりとエマの唇を舌で嘗めたら、うずうずしてきたのか、エマが躊躇いながらも唇を開いて舌を伸ばしてきた。その舌に自分のそれを悪戯っぽく触れ合わせる。ちょっとつついてすっと引いた。すると、もっというようにエマがその舌を追いかけてくる。

うまく誘導して自分の口腔内に導き、素早く歯で捕らえる。

「……んっ」

エマが驚いたように目を見開いた。捕まえた舌を軽く甘噛みすると、感じたのかぶるりと身体を震わせる。舌を絡ませて深いキスに誘った。互いの唾液が混ざり合って、官能の気配が色濃く立ち上っていく。

唇を放すと、エマが上気した目で見上げてきた。とろんとした眼差し、濡れた唇が、なんとも悩ましい。引き寄せられるようにグラースは再び口づけていた。

エマの唇は甘く芳しい。口づけだけで、身体が疼く。ずっと口づけていたいが、ほかにも味わいたい場所がたくさんあるのだ。名残惜しい気持ちで唇を解放し、耳の付け根に唇を移していく。

耳もエマの弱点の一つだ。がじがじと歯を立てながら、舌で舐る。

「あ、や……、擽ったい。ん、やっ」

擽ったいと照れながら顔を背けようとする。顎を捕らえて顔を固定し、さらに耳を弄る。そうしながら、もう片方の手で首筋をゆっくり撫でていた。すんなり伸びた首もおいしそうで、耳のあとグラースの唇は首に回ってくる。

今は下になっているから見えないけれど、髪をアップしたときのエマの項は絶品だった。唇を這わせたいと何度思ったことか。

この辺りはあまりあとを残せない。胸許を開けたドレスを纏ったとき、目立って仕方がないからだ。

自分の所有の証を見せびらかしたい思いもあるが、慎ましい清純なエマの肌に、薄赤い淫らな痕があるのを見せたくないとも思う。グラースとしてはいつも天秤の真ん中で迷っている。

今は舌で嘗めるだけで我慢した。

首筋を唇で辿りながら、グラースはやんわりとエマの胸に触れる。豊かな乳房が薄い夜着の下で息づいていた。布越しに撫でて乳首を指で摘まむと、エマが鋭く息を吸う。

「……っ、そこは……」

「感じるんだろう？」

「ち、違います」

「感じないのか？」

わざとらしく問いかけながら、やや強めに乳房を掴む。

「あんっ……」

エマが逃れようとして身を捩り、かえってグラースの手に胸を押しつけてくる。指の間に乳首を挟んで揉み込んでやると、「あ、あ、あ」と断続的に声を上げながら、グラースの手首を掴んできた。

止めようとしたのかもっとと促そうとしたのか。本人にもわからないのだろう。掴んだ指がぷるぷると震えていた。

かまわず、掴まれた手でそのまま乳房と乳首を、口で反対側の胸を捕らえる。布に包まれた下でつんと突き出した乳首を、舌で舐り口に含む。吸い上げると、エマが首を振って髪を乱した。

唇を半開きにして熱い息を漏らしている。とろんと蕩けた眼差しがグラースを直撃した。唇が「グラース」と言葉を形作り、掠れた声で名前を呼ばれたこちらまでぞくぞくした。

腰を押しつけて前後に揺らしてみる。いやらしい動きだと自分でも思うが、欲しくて堪らなかった。

服を引き裂いてケダモノのように貪らない自分を褒めてほしい。エマを愛しているから、彼女がちゃんと感じて自ら求めてくれるまで我慢できるのだ。

薄い布越しに触るだけでは物足りなくなった。胸許をぐいと引き下げる。たわわに実った見事な乳房が現れた。先端の乳首はさんざん弄られてすっかり赤くなっている。それを今度は直に指と唇で愛撫する。わざと見せつけるように舌を出し乳首を嘗めた。反対側は指で弄る。

「ああ……、いや、やん……ぁ」

エマの身体にぐっと力が入った。足掻くように身悶えている。

胸に触れていた手をそろりと下に向けた。薄物の上から脇腹に触れ、腰をさわりと撫でてから、夜着をたくし上げて脚にも触れた。すんなりと長い脚を剥き出しにして、滑らかな肌の感触を楽しむ。

身体をずらし、脚を持ち上げて膝にキスをした。その格好だと、下着を着けていないから、どうかすると秘密の場所が見えてしまう。見えるか見えないかの際どい感覚にぞくぞくしながら、膝から脹《ふく》ら脛《はぎ》、足首、そして指まで、ゆっくりと唇を滑らせていった。

ときおりちゅっと吸い上げて、赤い痕を残す。エマが切なそうに熱い吐息を零した。

足指を一本ずつ口に含んで嘗め、全部の指を嘗め終わると今度は反対側に移る。指をしゃぶり、足首、膝、内股まで戻ると、下肢に纏わりついていた布を捲《めく》り上げた。密やかな場所が露わになる。

「あ……」

思わず夜着を引き下ろそうとしたエマを、グラースが止める。

「見たい。エマの……」

恥ずかしい単語を耳に吹き込むと、エマが涙目でグラースを咎めてきた。まだ彼女には、露骨な言葉はハードルが高い。ようやくグラースの愛撫を受け入れるようになったばかりで、羞恥と後ろめたさはそう簡単には消えないようだ。

「エマ、欲しがっているのは私だけか？　エマにも欲しいと思ってほしい」

甘く口説きながらグラースは、エマが夜着の裾を放すのを待った。

エマが躊躇いながら指に入れていた力を抜く。グラースがするりと布を引き抜いた。

キスをして褒めてから、グラースはエマの下半身に陣取って本格的に攻略にかかる。エマを欲している熱塊は、痛いほど昂っている。しっとりと潤う彼女の中に早く入りたくて堪らない。それでも愛撫には手を抜かなかった。彼女にも感じてほしいからだ。

◇◇◇

グラースの手が下腹を撫で、エマはぴくりと身体を戦かす。臍の周囲を指が掠めていき、下生えを悪戯めいて引っ張られる。恥ずかしさで卒倒しそうだ。

なのにその分余計に快感が募る。噛み殺そうとしても喘ぎ声が零れていくし、夜着は捲り上げられてほとんど裸に近い。胸は剥き出しで、下半身もグラースの前に開かれている。

恥ずかしくて堪らないのに、グラースの求めに逆らえない。脚を広げてみせて、などと淫靡な声で促されると、自分から彼の前に秘処を見せつけるようなポーズを取ってしまう。

腰の奥に痺れが広がる。うずうずするもどかしいそれは、背筋を伝い脳髄まで届くのだ。

「綺麗だ」

と言いながらグラースが密やかな場所にキスをしてきた。片方の脚を持ち上げ、さらに淫らなポーズを取らされる。舌で下生えをざらりと嘗められ、秘裂の側まで舌先が届く。背筋がぞくぞくした。

「甘い」

「いや、言わないで」

身体を捩って逃れようとしても、グラースの強靭な腕が腰を捕らえている。しっかりと固定したあとで、グラースの舌がついに秘裂の中に入ってきた。敏感な小さな突起を舐められる。腰から脳天までびりびりと刺激が走り抜けた。

「……あ……っぁ」

じっとしていられなくて腰が動く。自由な方の足がシーツをかき、皺を寄せた。グラースが足掻くエマを軽々と押さえつけて、じっくりと舌を這わせる。花びらを掻き分けて、奥の方まで舌が届いた。じわりと蜜液が零れ出すのが自分でもわかる。

しっとりと潤った内部を、グラースの舌が嘗め回し、吸い上げた。

「ああ……、んっ、んん……っ」

吐息と喘ぎ声が一緒に零れ出る。自分で聞いても恥ずかしいほどの濡れた声だ。

舌が退き今度は指が入ってきた。二度、三度と中を掻き回して出ていったグラースの指は、ねっとりした粘液を指に纏わせている。わざとのように指先を擦り合わせて粘り具合を確かめられて、さすがに目を逸らした。

「恥ずかしい？」

くすりと笑って聞かれ、頷いた。

「わたしはエマのものならなんでも愛おしいが」

睦言めいて告げると、指をぺろりと嘗める。

「あ、そんな……」

止めようと手を伸ばす間にも綺麗に嘗め取ったグラースは、その指でエマの身体を撫でた。

「エマの身体はどこを齧っても甘い」

揶揄のつもりはないのだろう。再び下腹に唇を押し当てて強く吸い上げ甘噛みしながら、局所に舌を伸ばす。その位置から欲情して琥珀色に輝く目でエマを見上げ、濡れた唇を嘗めた。獰猛な肉食獣が舌舐めずりしているようで、エマはまさに獲物の気分だ。ぞくりとした。

媚肉の内側を舌で嘗められ、ときおり強く吸われる。少し強めに噛まれたときなど、頭の中が真っ白になるくらい感じてしまい、がくがくと身体が震えた。

舌のあとは指が、そしてまた舌が。交互に攻められ続けエマの蕾はどんどん開花していく。

グラースが指を二本揃えて中を掻き回した。気持ちいい。こんなにはしたなく感じてしまって、グラースにおかしく思われないだろうか。

そういえば、初めてのときですらグラースの巧みな愛撫に蕩かされてしまったのだ。回数を重ねればどんどん感じやすくなると、グラースに言われたような気もする。

「こら、余所事を考えるな。何も考えず、私の愛撫で感じていればいい」

そう窘めて、グラースが乳房を鷲掴みにした。それまでの優しい触れ方ではなく、やや乱暴なタッチで、それもまた強く求められているようで、エマの官能を激しく揺さぶった。

無意識の内に中を引き絞り、グラースの指を食い締める。それを押し返すようにして、グラースの指が中で蠢く。指を含んでいる内壁の全てが、快感を味わおうとざわついていた。

「あっ、あっ、あ……あぁっ」

開きっぱなしの唇からは、掠れて切ない喘ぎ声が漏れていく。止めようもなく腰がうねった。きゅうっと中が窄まって、グラースの指に絡みついていくのが自分でもわかる。

「エマ、堪らない」

ゴクンと唾を飲み込んだグラースが指を引き抜き、性急に夜着を脱ぎ捨てると自分自身を押し当ててきた。

「愛している、エマ」

愛しい、と思いを込めた声で伝え、エマの粘膜を手探りで広げる。縋るものを求めて伸ばした手をグラースが捉え、首に回させた。

「ここにしっかり掴まって」

言われたとおりにぎゅっとしがみつくと、グラースの先端がゆっくり入ってきた。何度も受け入れたとはいえ、それはやはり衝撃で、どうしても身体に力が入ってしまう。そのたびにグラースは耳許で「大丈夫だ」「力を抜いて」などと優しく囁いて動きを止める。

そうしてエマが落ち着くのを待ってから、また動き始めるのだ。

愛されている、労られていると感じられ、エマの内部は、ある瞬間からグラースの昂りを、苦痛ではなく快感を与えてくれるものと認識したようだ。しっかりと絡みついていく。

「……っ、私を搾《しぼ》り取る気か」

グラースが呻いて、エマを軽く揺さぶった。

「そんな、わたしは……、し……ない、でき……い、のに」

してない、できないと訴えるのだが、エマの狭い場所は精いっぱい広がって彼自身を受け入れ、包み込み、グラースが腰を引こうとしても放さないと追い縋る。

「きついな」

言いながらようやく引き抜くことに成功したグラースが、再び奥へ突き入れる。抽挿を繰り返すたびに、きつい締めつけが少しずつ緩んでいった。グラースの動きが次第にリズミカルなものに変わる。

襞がいっぱいに広がってグラースの剛直を受け入れていた。次の瞬間にはそれが引いていき内部は空洞のまま残される。食い締めるモノがないまま収縮しようとした中の襞は、次の瞬間グラースのモノで貫かれる。

腰を動かしながら彼は、エマの感じる場所を次々に攻略していった。乳房もつんと尖った赤い乳首も、弱みである耳朶や項、そして唇も。

口腔内を舌で舐られると、身体がびくびくと反応した。脇腹や下腹をさらりと撫でられるだけでも感じる。グラースにしがみつきながら、エマは彼から与えられる嵐のような快楽に翻弄された。手の届くところに絶頂が来ている。あと少し……。

ぐちゅぐちゅと水音がするのは、自分の中から分泌された愛液がグラースの剛直で攪拌《かくはん》される音だ。羞恥を誘うその恥ずかしい物音ですら、エマの快感を高めるエキスとなる。

しっとりと汗を滲ませた身体は、真珠色の輝きを帯び、グラースが快感で仰け反る艶めかしい身体を賛美した。

「美しい」

その気持ちがグラースを駆り立てたのだろう。抽挿の勢いが激しくなった。深く激しく奥を抉られ、エマは最後の限界を越えた。息も止まりそうな高みに押し上げられる。身体を仰け反らせ、グラースの背中に爪を立てるほどしがみついて、エマは達した。

「ああっ……あ……あ」

頭の中がハレーションを起こしたように真っ白になり、意識がふっと途切れる。その間にぎゆうっと中を引き絞ったらしい。最奥にグラースの命の証が注ぎ込まれた。

頭の中で、終わったと脱力した次の瞬間、ぐいとグラースに引き起こされ、気がつくと彼の上に座り込んだ姿勢を取らされていた。グラースの灼熱はまだエマの体内にある。イったはずなのに、まだ隆としてエマを串刺しにしていた。

「いい眺めだ」

言われてエマは我に返る。息は荒く、イった余韻に色濃く身体を支配されていた。

「や、なに……？　どうして……」

身体は痺れたように力が入らない。それでこんな姿勢を取らされたらぐらつくだけだ。ふらっと揺れた身体を、グラースがしっかりと支えてくれた。そのくせ、自分で動くように言われる。

「その方がいい場所にあたるはずだ」

戸惑って揺れる眼差しを向けると、グラースは唆《そそのか》すような笑みを浮かべている。ふいに下から突き上げられた。

「あぅ……、んっ」

身体がぐうっと持ち上がり、グラースが腰を引くとすとんと落ちる。衝撃で、これまでよりもさらに深く彼自身を受け入れるはめになった。大波に揺られる気分だ。グラースに強靱な腰使いで揺さぶられ、ぐらぐらと身体が揺れた。その度にあたる角度が変わり、思いもしない場所が疼いた。

「そう、そこだ。自分であたるように動いてごらん」

指摘され促されても、心許ない思いが先に立つ。それでもグラースに言われるままゆるりと腰を浮かせた。ほんの少し持ち上げて落とす。それだけで、思いがけないほどの悦が走った。ぴりっときたそれに目を瞠る。

「いいのか？」

聞かれて、素直に頷いた。

「じゃあもう一度動いて」

グラースの胸に両手を置いて、腰を揺らした。そうして動くことで気持ちいい場所が続けざまに刺激され、次第に夢中になっていく。

前後あるいは左右にゆらりゆらりと身体が振れる。さらにグラースに、小刻みに下から突き上げられて、二度目の頂点が見えてきた。だが身体はもう限界を訴えている。

「もう、無理……。続けては無理だわ」

息が切れた。喘ぎながらグラースに訴える。

「わかった。私が動こう」

言葉とともに下からどんと突き上げられる。エマを揺さぶり、その合間に胸や腰や、耳朶、頬、唇まで、我が物顔に蹂躙《じゅうりん》する。

エマの敏感な部分をリズミカルに弾き、おかげであちこちにぴりぴりと震えが走り、快感が増していく。エマも甘い艶声を響かせた。

二人で二度目の悦楽を目指す。指先で乳首を捉えられ、ぐにぐといやらしく引っ張られ揉み込まれた。再び快感で頭が白く濁っていく。白い光が点滅し始めた。息が苦しい。夢中で腰を揺らしながら、

「グラース、グラース……」

息も絶え絶えで、名前を呼ぶ。グラースがその思いに応えるように、深く強く奥を突いた。強靭な腰が繰り出す一突きで、エマは快楽の高みに押し出される。

「あぁぁぁ」

身体が仰け反り後ろに倒れそうになるのを、グラースがしっかり支えてくれた。びくびくと痙攣し、内壁をぎゅうっと絞り込む。グラースと呟きながら意識を飛ばしてしまう。

エマ、と何度も呼ばれて、やっと意識が正常に戻ってきた。

「大丈夫か」

心配そうに覗き込まれて、目を瞬いた。焦点が結び、心配そうなグラースが覗き込んでいるのだとわかった。

「……大丈夫じゃないわ。何度もなんて無理だもの」

喘ぎすぎて掠れた声で訴える。

「それは、すまなかった」

謝っているのに口許がにやついているから、もうっと小さな拳でグラースの背中を叩く。グラースの笑みが深くなる。

「エマが魅力的すぎて欲しくなった。服を着ていても着ていなくても」

そう言いながら、賞美するようにエマを頭の天辺から足の先まで眺め下ろした。

「あなたも……」

恥ずかしさはあったが、エマも正直に告げる。

しっかりした筋肉に覆われたグラースの身体は均整が取れていて、ギリシャ神話の男神のように美しい。その逞しい腕はエマを守るように回されていて、安心してその胸で憩わせてくれる。

「エマ……っ」

愛しさが極まったのか、グラースが抱き締める腕に力を込め、口づけようと顔を近づけてきた。自分からもそれを迎え入れるように顎を上げながら、幸せを噛み締める。

◇◇◇

忙しさはまだ継続していた。数日不例と発表されたグラースだが、執務室が自室に移っただけというありさまで政務に忙殺されている。周囲には密かに厳重な警備が敷かれた。

エマも看病を理由に王の私室に移ってきている。

侍従長の息子ベンハートが外との連絡役になっていて、巷《ちまた》の噂などを知らせてくれていた。

「ひどいものになると陛下は崩御された、というのもありまして、医師団に早く病状を発表しろという圧力が凄いようです。皆意識しているのは次期国王が誰になるかですね。有力視されているのはトマス殿下ですが、昔からご本人が嫌がっておられましたから話は進んでいません。それとヒ素に関しましては監視中の下働きが不審な動きをしています。引き続き見張らせていますのでまたご報告いたします」

ふとグラースが疑問を口にする。

「トマスは本当に王位を疎んじているのだろうか」

「そうですね。あの方の真意がどこにあるか察するのは難しいですが、ただこれまで徒党を組むこともなければ、自家の勢力を伸長させるために動かれたこともないことだけは確かです。飄々とした遊び人というのが定着したイメージですね」

ベンハートを下がらせたあともグラースが考え込んでいるので、エマはそっと彼の隣に座って尋ねた。

「トマスを疑ってらっしゃるの？」

陰謀を企むようにはとても見えない。

「私はエマと侍従長とベンハート以外の全ての者を疑っている。信じて油断して、大切な人を亡くすのは嫌だ」

グラースが厳しい表情できっぱりと言った。寒気がするほど冷ややかな顔だ。これが政敵を一掃してきた「残酷王」の本質なのだろう。甘くすれば今度は自分が殺られ、自分の周りのものも殺される。

その不断の緊張の中で、ストーバルの手綱をしっかりと握り、過たずに国を導いてきた。けれども人間は、ずっと緊張状態を保つことなどできない。ストレスでおかしくなってしまう。だから自分はそんな彼の癒やしになりたいと願い、エマはグラースに寄りそった。

グラースもそんなエマの気遣いを受け入れて、肩を引き寄せる。

「まだしばらく体調が悪い、で通すのなら、明日の結婚式のリハーサルはどうなさるの？」

「詳しい手順は二人だけで行うとして、祭壇前のことなどはエマが確認してほしい、これで噂がどう変化するか見ものだな」

「分かったわ」

エマは慎重にうなずいた。

翌日行われた式のリハーサルでは、グラースは不参加、エマだけが侍従長や侍従に囲まれて、バージンロードを歩くときの注意や、式の所作などを確認した。

本物の衣装は着ることはできないから、それと同じ長さのトレーンを、そのとき着ていたドレスにつけて感触を確かめる。かなり重くて、裾捌きを意識しながら歩く必要がありそうだ。

いったん教会の外に出て、本番さながらにもう一度進めようとしたら、どこから現れたのかトマスがさっとエマの腕を取った。

「え!?」

驚愕して彼を見上げると、トマスがにっこり笑った。

「ここから祭壇まで、僕は君の父親だ」

そう言って、エマの腕を自分の腕にかけさせる。

「でも、その……」

「祭壇についたら今度は陛下の代わりを務めるよ。聞いたよ、体調を崩したって。リハーサルに参加できないほど悪いのかい？」

続けざまに聞かれて、思わず「元気だけど」と答えてしまった。

「そう、元気なんだ。だったら一緒にリハーサルすべきだろ。君一人でさせないで。花婿だって式の大事な構成員なのに。君もちゃんと文句を言わなくちゃ。結婚は最初が肝心だよ。ぴしっと言うべきことは言って自分の権利を主張すべきだ」

「え？　え？」

「さ、歩くよ」

言いたいことだけ言うと、トマスはぐいとエマをひっぱった。彼に腕を預けているから必然的に前へ進むことになってしまう。

ちらりと振り向くと、侍従たちも困惑した顔で立っていた。前方では、開かれたドアの向こうで、侍従長が、どうすべきか判断に迷う顔をしている。それを見てもトマスの登場は予定外だとわかる。

でもここまで来ているものを強引に排除できなくて、諦めて、されるがままになってしまう。

「ゆっくり歩いて。今日は本物に近いトレーンを着けているから歩きづらくて」

トマスを見上げて要求する。トマスがふっと笑った。

「お任せ下さい、お姫様」

エマは侍従にも声をかける。

「演奏を始めて。どれくらい時間がかかるか確かめないと」

侍従の一人が待機していた楽団に合図した。荘厳な音楽が流れ出す。その中を、トマスとともに歩いていった。

祭壇の近くまで来るとトマスがさっと手を外し数歩先に進み出る。なんの真似、と目を丸くしていると、祭壇の前で待つ花婿をわざとらしく演じ始める。思わず笑ってしまった。

「一人二役？」

「そうそう。君のお父さん役と、花婿役。早変わりだよ」

父親から花嫁の手を渡される仕草をパントマイムで演じてから、再びエマの腕を自分のそれにかけさせた。

「殿下、悪ふざけが過ぎましょう」

侍従長が苦言を呈すが、トマスは悪びれず「気にしない、気にしない」と軽くいなしてしまう。侍従長の表情が厳しくなる。そんな中空気を読まないトマスはやりたい放題だ。

祭壇の前で進行を確認すると、

「役得だね。キスも代行していい？」

などとふざけて迫るから、慌てて腕を突っ張って退けた。侍従長や侍従たちも駆け寄って、とんだ騒ぎになる。

「ねえ、本番も僕でいいんじゃない？　陛下より君を大事にすると約束するよ」

冗談めかして言いながら、ぐいと引き寄せる腕が本気っぽい。エマはトマスを見上げながら戸惑ったように瞳を揺らして見せ、次の瞬間ヒールで力いっぱい相手の足を踏んでやった。

「いい加減にして！」

「うわっ、痛っ、痛いじゃないか。酷いなあ」

大げさに痛がってみせるトマスを、真正面からきっと睨んだ。

「わたしの大切なお式を台無しにする気なら許さないわ」

「おお、怖い。わかったよ。もうしないって」

トマスが両手を上げて降参の素振りをする。侍従長のお説教を免れるためか、リハーサルが終わる前にトマスはするりと姿を消していた。エマの耳に意味深な言葉を残して。

「きっと君の耳にも入ると思うけど、みんな嘘だから。僕は嵌められたんだ」

え？　と振り向いたときには、トマスの姿はもうどこにもなかった。

「まあ、素早いこと。それにしてもいったい何をしにきたのかしら。引っかき回すため？」

あり得るとトマスを知る誰もが頷くだろう。

エマが嘆息したほど、トマスは要領のいい男だった。

◇◇◇

グラースとしては結婚式の前に憂いを払っておきたい。それに、式が妨害されるような事態は、なんとしても避けたい。

最初複数いた容疑者は、今はほぼ一人に絞られている。だが、決定的な証拠がない。

ヒ素に関係したとみられる下働きも動きがなく、観察する限りでは真面目に働いていた。本当にその娘がヒ素を入れたのか。時間と場所を吟味すれば、やれる可能性があるのはその下働きだけなのだが。

捕らえて詮議すれば何かわかるかもしれないが、真犯人を特定するためには彼女は泳がせておきたい。

そんななか、朗報が届いた。行方不明だった小姓が見つかったのだ。

侍女も小姓も殺されているのではないかと危惧していたところだったから、片方でも生きて見つかった知らせには愁眉を開く。彼の証言が取れれば容疑者を拘束できるので、極秘裡にこちらへ護送中だ。

「私なら禍根を断つために殺しておくが」

冷ややかにグラースは考える。死人に口なしだからだ。人を信用しないグラースからすれば、相手が黙っていてくれると考えるのは間違っている。喋ってほしくなければ、それなりの手段を講じるべきだ。

これまでの経緯をみると、犯人は詰めが甘い。

どうも容疑者は、計画を立てて事を起こしているのではないように感じられる。行き当たりばったりで、その都度臨機応変。

自分なら絶対にあり得ないやり方だ。

王位を狙っているのなら、もっと味方を集め、自分の死後直ちに後継の名乗りを上げられるよう段取りをしておくべきだ。

なのに容疑者は根回しもせず、暢気《のんき》に女あさりをしているだけ。

しかも最初は自分ではなくエマを狙った。爆薬の量からして本気で狙ったのかという疑いも残るが、それなら余計に意味がなさ過ぎてわけがわからない。

次に自分を毒殺しようとしたが、これも中途半端だ。王族なら、毒に身体を慣らしてあるというのは常識だ。

いったいどれだけ本気で王位を目指しているのやら。

侍従長が、リハーサルは滞りなく終わりましたと報告に来たときに、トマスが現れたことを告げられる。思わず立ち上がっていた。

「なんだと！　どうしてエマに接近を許した！」

「申し訳ありません」

侍従長が言い訳をせずに謝罪する。

「一緒にバージンロードを歩かれ、その後祭壇の前で陛下の代役をされていました」

グラースは顔を顰めた。

「エマはどうしていた？」

「最初は驚かれたようですが、あとはごく普通に応対されていました。あ、一つだけ。祭壇の前で、図々しく抱き寄せようとした殿下の足を、ヒールで踏みつけて遠ざけられましたよ。気丈な方ですね」

「エマが……、そうか」

グラースはすとんと椅子に腰を下ろした。その様子を思い浮かべると顔がにやついてしまう。私のエマは強い。

そのエマは、リハーサルのあと、参加していた大伯母たちに連れて行かれたという。お茶でも飲もうと声をかけられたのだろう。

「息子のベンハートを付き添わせました。護衛も一緒です」

侍従長がグラースの懸念を払拭すべく説明したが、それでも使いを出して帰るように告げるべきかとしばらく迷う。が、さすがにそんなことをしたら大伯母たちの機嫌を損ねるだろうと思いとどまった。

彼女たちにずっとエマの味方になってほしいと願うなら、親しくなるチャンスを妨げるべきではない。

小姓が到着したという連絡で、エマのことはいったん棚上げにした。彼女の安全については、ベンハートたちを信じるしかない。

報告によると、小姓は自分がなんで拘束されて首都に連れて来られたのか、さっぱりわからないと言っているらしい。伝言を違《たが》えたことについても、ただの悪戯です、と悪びれていないそうだ。

王宮を退去したのは家族が病気だったからで、許可も得たと反論していると聞く。確かにその通りで、拷問してでもと意気込んでいたのに肩透かしだ。

グラースは直々に調べると通達しておいたので、到着の報告を聞いてその場に出向いた。

小姓は王自ら出てきたことにたいそう驚いていたが、やはり罪悪感など微塵も見せずに聞かれたことにはすらすらと答える。

「僕は仲良くさせるための悪戯だと聞きました。二人で話せば誤解だとわかるし、笑い合えば親しみも増すはずだと。責任は自分が取るから協力してくれと言われました」

そこでグラースを見て小姓がにこっと笑った。

「結婚式をされると伺いました。恋の成就に協力できたということですよね。なのにどうして僕は連れ戻されたのでしょう。皆さん、すごく怖い雰囲気ですし」

グラースに睨まれて怯えた顔になりながらも、小姓は言い募る。グラースとともにこの場に立ち会った者たちがひそひそと囁き交わす。

グラースは苦渋に眉を寄せていた。小姓を捕らえたときは、これで犯人を押えられるとほっとしたが、とんだ期待外れだ。

だが、とグラースは考え直す。

「それで、おまえに協力を求めたのは誰だ」

「トマス殿下です」

小姓は隠すでもなくあっさりと答えた。そう、それ以外にはない。ずっと犯人と目星をつけていた相手。だが小姓のこの証言ではとても拘束などできない。

……いや、するのだ。強引にでも結びつければいい。

グラースは侍従長を振り向いた。

「牢に入れておけ」

「な、なんでですか！　僕は何もしていません！」

即座に小姓が抗議する。両側から腕を取られ、引き摺《ず》るようにして連れて行かれながら。グラースは猿ぐつわをしろと命じた。

「喋らせるな」

あっけに取られていた者たちがざわっと揺れ、非難の声が上がりかけるのを、一人一人に鋭い視線を向けて異論を封じ押さえ込む。

さらに、泳がせておいた下働きの娘を捕らえて連れて来させた。

「ヒ素を入れただろう」

という厳しい詮議に、娘はぽかんと口を開けていた。思いもよらないことを言われたという顔だ。グラースはカーテンの陰に椅子を置かせて、彼女から見えないところで話を聞いていたが、あまりに噛み合わないやり取りに、苛立ちを覚える。

「ヒ素なんて知りません。入れたのは媚薬です。王様とエマ様がうまくいくようにお祈りしながら」

娘はそう主張した。「媚薬」と驚きの囁きが周囲に伝わっていった。言ってから、娘は恥ずかしいと顔を押さえる。

「せっかく一緒にいらっしゃるのだから、きっかけがあればと思って。だって美男美女のカップルなんですもの。あこがれます。うまくいってほしいです」

指を組んでうっとりした顔をする娘には、罪悪感の欠片もなかった。媚薬と信じ込んでいるからだろう。

媚薬を渡した者の名前を聞くと、娘はあっさりトマスの名を出した。いいことをしたと思っているから隠す気もないのだ。小姓と一緒だった。

グラースは頭痛がし始めたこめかみを揉みながら、娘を牢に入れるように命令する。

「どうしてですか！　あたし、何も悪いことはしていませんっ」

悲鳴を上げながら連れて行かれる娘の後ろ姿を、グラースは苦い顔で見送った。侍従長に、疲れたように告げる。

「王の食事に得体の知れない不純物を混ぜるのは犯罪なのだと、よく言い聞かせておいてくれ」

「御意」

ここでもトマスの名が出た。それにしてもやはり中途半端だ。だが拘束する口実には使える。

グラースは真意を正すために、トマスを連行するようにと命令を下した。逮捕とは言わないが、捕らえたらそのまま牢に入れておけと侍従長に耳打ちする。

侍従長が何か言いたそうに口を開いたが、すぐに首を振って閉ざした。立ち会っていた将軍が部下に指示し、トマスの拘束に向かわせる。

その場を離れたあとも、グラースの口には苦みが残った。後味が悪い。だがトマスを拘束しておかないと危険だ。

「国王侮辱罪でどうでしょう。それなら成り立つ可能性があります」

「その辺りで調整してくれ」

と言うしかなかった。堂々としていられないことが、歯痒い。

だがここに来るまで、グラースもいつも公明正大に振る舞ってきたわけではない。謀略には謀略を。暗闘には暗闘で応じた。

トマスが言葉巧みに泳ぎ回るつもりでいるなら、自分は彼を力で押さえつけるまで。

「……爆破事件もトマスの仕業だろうな」

すぐ傍らにいた侍従長にだけ聞こえるような小声で言うと、侍従長が渋面で答えた。

「おそらく。女官からもあれから新しい証言はなく『知らない男』も探し出せていません。その男が殿下と関わりがあるかどうか。直接ご本人に問い質されてはいがでしょう」

「そうだな」

頷いたものの、それは叶わないことになった。

トマスの姿がどこにも見当たらないのだ。エマとともにリハーサルに参加してからいなくなり、その後誰も彼の姿を見ていない。館にも、普段出回る先にも。

すでに首都から出たのではないかと、彼を知る者たちは言う。危険を察知する勘が常人の倍はあるらしいという評判だからだ。

空しく帰ってきた兵たちを増強し、情報を得るべく再び各所に派遣した。拘束命令を出したのに取り逃がすとは、不覚以外の何ものでもない。

最後に会話したのはエマなので、参考になることがないか、彼女からも話を聞くことにする。執務室と化した自室で決裁の書類を処理しながら、エマの帰りを待った。何度も同じ場所を見ていたことに気がついて、苛立って書類をほうり投げる。

決裁を急ぐものだからと宰相が侍従長経由で届けてきたが、ちっとも頭に入ってこない。トマスがどうして、と何度もそればかりが繰り返し浮かび上がってくる。考える度に怒りが膨れ上がった。

長年彼と接してきて、彼には野心はないと感じていた。グラースの対抗馬と目されるのを嫌い、わざと遊び人を気取っていた節もある。自堕落に見えて節制を保った身体をしていたから訝しいと感じるときもあったが、危険には鋭く反応するはずのグラースの勘は全く働かなかった。

だからトマスの名前が出てきたときは驚いたのだ。

完全に信じてはいなくても、ある程度は心を許していたせいで。今でも、彼が自分を廃して王になりたいと考えているとはどうしても思えない。しかしそれでは何故事件を仕組んだのか。しかもこんな中途半端な。

「なぜだ、トマス」

無意識の内にぎりぎりと歯軋りする。思考は空回りするばかりだ。

そんな事情は知らないエマが帰ってきた。

「グラース。トマスを拘束するって何？　捜索隊が来て大伯母様たちは卒倒しそうになっていたわ。わたしがちゃんと話を聞いてお知らせしますと言ってきたのだけど」

トマスのことを信じている顔で尋ねてくる。その顔を曇らせるのは不本意だが。

「一連の事件の黒幕がトマスだったのだ」

「え!?」

エマが絶句する。絶句したいのはグラースの方だ。それでもすべての証拠がトマスを示すならば、排除しなければならない。

「でも、王の仕事なんてめんどくさいって自分で言っていたのに。あなたのように真面目に働き続けることなんてできないって」

エマがトマスを擁護している。面白くない。だから次の言葉がついきつい調子になった。

「トマスは私の従兄弟だ。これまで比較的良好な関係を保っていた。……私こそが、間違いであってくれと祈っていたのに。だがトマスは、弁明もせず姿をくらましている」

どこからか、こちらの動きを察したのだろう。いったい何人協力者を抱えているのか。

「そんな……」

エマがこちらのショックに思い当たったのか、腕を回して抱き締めてきた。

「ごめんなさい、グラース。あなたが一番辛いのに」

エマの温かな慰めを感じたときに始めて、グラースは自分がショックを受けていたことに気づく。この嫌な気持ちは、彼に裏切られたと感じたからだ。

遙かな昔、愛人の息子だった義弟に感じたのと一緒。親に内緒で仲良くしていたのに、彼は母親と一緒になって自分を殺そうとした。怒りがグラースの原動力となり、その結果として今がある。義弟も父の愛人もその一族も、殺し尽くして王となった。

腹の中が怒りで燃える。ぐらぐらと熱い。そのまま表に噴出しようとする激情を、エマのか弱い手が止めていた。彼女の温かさが、彼女の愛情が、自棄の果てに粛正の嵐を招きかねない憤怒を宥めている。

大きく息を吸い込み、いつも通りの声をと心がけながら告げた。

「各地に使者を派遣して、行方を探させている。捕らえたら、……ひとまず話を聞こうと思う」

エマがグラースの胸にその身を預け、慰めのキスを求めてくる。誘惑には抗えずひとしきり甘い唇を貪ってから、あらためてエマの目を覗き込んだ。

「それでだ、エマ。リハーサルのとき、トマスは君に何か話していなかったか。事件に関わることを言っていなかったか？　どこに逃げるとか」

エマを腕に抱いたままソファに促し、二人で腰を下ろした。

「リハーサルに必要なことを話していただけよ」

エマが困惑したようにグラースを見上げてくる。隠しているのではなく本当に思い当たらないのだろう。

「だったら話したことを、なんでもいいから思い出してくれ」

「あなたが元気なら、リハーサルは本人が参加すべきじゃないのかとか、ちゃんと文句を言わなくちゃとか、結婚は最初が肝心だとか……」

「私が元気だと言ったのか？」

「ええ、……あっ」

いきなりグラースに遮られて、エマはぱちぱちと瞬きした。理解が及んだのはその直後だ。表情を変えたエマが口を押える。

「ごめんなさい、言ってはいけなかったのだわ」

毒を飲んだグラースがどうなったか。それを知るために動く者を利用する予定だった。ここはエマを責めるより、自然な会話で知りたいことを引き出したトマスを褒めるべきだろう。

「グラース、どうしたらいい？」

両手の指を組み合わせながら、焦燥に駆られてエマがこちらを見上げてくる。

「済んだことだ」

してしまったことは、取り消しが効かない。だからそう言ったのだが、エマの罪悪感は収まらなかった。

「でも……」

「だったらもっとヒントになるような会話はなかったか、思い出してくれ。トマスが無罪なら、わたしの前できちんと申し開きをしなければならない。そうだろう?」

「ええ、そうね」

「だったら考えてみてくれ。トマスはどこに行ったのか」

エマはしばらく真剣に眉を寄せて考えていた。しかしその後で首を振る。

「駄目だわ。どこかに行くなんて言ってなかった。ただ、自分は嵌められたって……」

グラースがぐいと眉を上げる。

「嵌められた!?」

「ええ。別れ際に『みんな嘘だから。僕は嵌められたんだ』って確かそう言っていたわ」

「そうか」

疑わしいと思いながらも、グラースは一生懸命思い出そうとしたエマに配慮して、その言葉に肯いておいた。

「わかった。取り敢えずトマスの発見に全力を尽くす。もしエマに連絡があったら、身の安全は保証するから戻ってくるようにと伝えてくれ。ぜひ本人の口から事情を聞きたいのだ」

「わかったわ」

だが、総力を挙げて捜索するよう指示したにもかかわらず、トマスの行方は杳《よう》として知れなかった。その間も式の準備は着々と進む。トマスが見つからないままなので、警備体勢の見直しが急務だ。

前夜祭として園遊会が開かれ、王宮の庭が一般に開放されることになっているが、こちらも注意が必要となる。警備を厳重にしすぎたらせっかくの祝賀ムードに水を差すことになるし、かといって、トマスがそれに紛れて事件を起こす可能性を無視するわけにもいかない。

「頭が痛いな」

「お察しいたします」

グラースのぼやきに侍従長が頭を下げた。

園遊会で解放される王宮の庭を見ようと、地方から首都目指してやってくる者が大勢いる。すでに首都の宿は満員で、泊まる場所のない者たちが郊外にテントを張っていた。

トマスがその中に紛れ込んでいるのではないかと連日厳しい捜索が続いたが、見つけることはできないでいた。

報告が上がってくる度に、グラースは失望を味わい続ける。

さらにグラースが公務に復帰すると、エマも南宮に帰ってしまった。本宮で同居していたのは緊急避難的事由があったからで、慣例上認められないのだ。

「王妃が別宮に住むというこれまでの風習がおかしいのだ。結婚式のあとは廃止しよう。王の権力は有効活用すべきだな」

彼女が側にいることに慣れ、心地よい環境だったのがいきなりなくなり、グラースはいささか寂しい思いをしていた。

「しかしそうしますと、女官たちの住まいも本宮内に設けることになり、かなり大きな改変になりますよ」

「なんで女官までが本宮に来るのだ？」

グラースが侍従長に尋ねる。

「王妃の様々な用を足すのが、王妃付き女官の仕事です。側にいなくては役に立てません」

「エマはそんなに女官を必要としていなかったぞ」

「それとこれとは別でございます。エマ様の体面のためにも、ぜひご留意ください」

嘆息しながら、方策を考え始めるグラースだった。

様々な思惑を孕《はら》みながら、園遊会が近づいてくる。

◇◇◇

エマの庭に、シルヴィローズが植えられた。多忙なグラースも顔を出して、彼が丹精していた薔薇の中から選び抜いたものが持ち込まれる。花壇は結婚式を済ませ、エマに時間の余裕ができるまで、ゴルムが面倒を見てくれることになっていた。

全部自分の手でしたかったが、これぱかりはやむを得ない。

また、グラースが手ずから世話をしていた薔薇園も、一時的に世話をゴルムに任せている。

双方を見る羽目になったゴルムだが、忙しいにもかかわらず、にこにこと楽しそうだ。

「特にエマ様の庭。新しく造るものにはいつもわくわくします」

「確かにそうよね。わたしも早く普通の生活に戻りたいわ」

「それは私との結婚が不本意だと言っているのか？」

グラースが笑いながら文句を言い、エマも急いで否定する。

「そんなことないのはあなたが一番知っているでしょ」

拗ねたように言うエマをグラースが抱き締めて……。やれやれと肩を竦めながらゴルムが退散していく。

ウエディングドレスが完成した。

淡雪のような繊細なレースを使ったベールがふわりとエマを包み込む。

すっきりとしたデザインのドレスは、一見簡素に見えるが、実は要所要所に手の込んだ刺繍が施され、真珠が縫い止めてある。エマが身動ぐ度に煌めいて見る者の視線を奪った。

「よくお似合いです」

クレメンスが最後の試着をしたエマを見上げて、惚れ惚れとため息をついた。ネックレスやレースの上から被るティアラ、指輪、靴など、当日の装いを全て身に着けたエマは、確かに輝くように美しかった。

衣装のせいだけではない。好きな人に嫁ぐ幸せが、エマの美貌をさらに輝かせているのだ。

トマスを巡る不穏な空気は、エマの幸福感を多少曇らせはしたものの、掻き消すほどではない。

王室御用達の仕立屋がエマの周囲を歩きながら、細かな部分のチェックを済ませ、

「完璧です」

と自画自賛する。結婚式への期待がいやが上にも高まっていく。

そんななか、エマは大伯母たちの招待を受けた。大伯母たちに頼まれたトマスの件については、グラースから聞いた経緯を手紙にしたためて先だって届けさせておいた。本人が弁明すれば誤解は解けるのではないかという思惑も書き添えて。

だからあらためて大伯母たちに呼ばれる理由はわからないのだが、大事な話があるのと伝言を寄越されては、行かないわけにはいかない。

南宮を出て西宮に向かう。西宮は大伯母たちの住まいで、部屋数は十二、平屋建ての瀟洒《しょうしゃ》な殿舎だった。

こんな時期だから、女官たちの背後には護衛兵も従っている。大伯母たちは護衛兵を見てびっくりしていたが、「仕方ないわね」と頷き合っていた。

ただ自分たちの私室には入ってこないでと、きっぱりと命じる。

「扉の外で待っていればいいでしょ」

「……いいでしょ」

やはり同じことを同時に言うので、双子って不思議だ。

大伯母たちはお茶の支度だけさせると、自分の侍女たちも下がらせた。壁面いっぱいに取りつけられた窓から、燦々《さんさん》と日差しが入ってくる。こぽこぽとお茶を注ぐ音がする。ほっとするような穏やかな時間だ。

待っている間に何気なく窓の方に目をやると、よく手入れされた庭が見えた。目深に帽子を被った庭師が剪定鋏を持って植木の前に立っている。

側には手入れするための道具箱が置かれ、どこを刈るのかしらと興味津々で眺めていたら、無造作に枝を落とし始めた。

え、そこは伐っては駄目でしょう。わっ、また……。花芽を切ってどうするの！　止めなければと無意識に腰が浮いた。

「エマ、お茶が入ったわよ」

「……入ったわよ」

そこへ声をかけられてそうだったと意識を戻す。自分が口を挟むことではなかった。あの庭師は西宮の庭師なのだからと自らを納得させ、すとんと腰を下ろす。

「あ、はい、いただきます」

でもあんな下手な庭師だと、美しい庭を台無しにされかねない。どうしても気になってちらちらと窓の方に目が行ってしまう。忠告した方がいいのかしら、でも余計なことだし、などと悩みながら、勧められたお茶をいただく。

「さ、こっちも食べて」

「……食べて」

にこにこと器を差し出された。クッキーやチョコレート菓子、果物などが、綺麗な器に盛りつけられていて、まるで宝石のようだ。ようやく意識がテーブルの上に集中した。

「まあ、おいしい」

一つ摘んで食べて、ぱっと笑顔になる。

「そうでしょう」

「……でしょう」

食べている間に大伯母の一人がまたお茶を淹れ始めた。三人分すでに淹れ終わっているのにどうして、と思いながら見ていると、背後の窓が開き外の風が入り込んできた。

「え？」

振り向くと、庭師が立っている。なんで庭師が室内にと不審感を持ったとき、大伯母が親しげに声をかけて彼をテーブルに呼んだ。

「お茶が入ったわ。こちらにいらっしゃい」

丸テーブルの空いている席に、淹れたばかりのお茶のカップを置く。

「大伯母様……」

呆然と呟くと、大伯母二人が、エマに笑いかけてきた。

「誰だかわかる？」

「……わかる？」

その声に続いて、庭師が種明かしとばかりぱっと帽子を取った。がそこに見えたのは黒髪で、見覚えはない。しかも帽子を被っていたせいで鳥の巣みたいにくしゃくしゃだ。

誰!?

凝視していると庭師が顔を上げ特徴のある青い瞳が見えた。まさか！

「トマス!?」

思わず叫んだ。あの洒落っ気たっぷりのトマスのイメージは全くなくなっていて、わかるはずがない。

「やあ、エマ」

それでも声はトマスだった。悪戯が成功したと微笑んでいる。

「黒髪に青い瞳……？」

「染めたんだよ。僕の金髪はトレードマークだからね。これを隠すと意外に気づかれないんだ」

トマスがそう説明するも、違和感がありすぎて、まだこれがトマスだとすとんと意識に落ちてこない。だいたいトマスはグラースに追われているはずで、それがなぜ西宮にいるのだろう。

呆然としているエマに、大伯母たちが口々に訴えてくる。

「トマスは何もしていないの。誤解なの」

「……誤解なの」

「誤解を解くためにグラースに直接会わせたいのだけれど、今出ていったら即座に牢屋に放り込まれるとトマスが言うから」

「……言うから」

「だからお願い。あなたの手で、直接グラースに会えるようにしてあげて」

「……あげて」

「あなたならできるでしょう？　グラースも耳を傾けると思うし」

「……思うし」

「ちょっと、ちょっと待ってください」

ユニゾンの言葉の奔流を浴びていると、思考が停止してしまう。だが迂闊に「はい」というわけにはいかない。エマは考えをまとめるために、まず大伯母たちに言葉を止めてもらう。

「……待つわ」

「待つわ」

大伯母たちがぴたっと唇を閉じる。ほっとして、エマはトマスに視線を移した。今の間にトマスは椅子に腰を下ろし、優雅にカップを口許に運んでいた。自分のことが話題になっているのに、我関せずと無関心を貫いている。

大伯母様たちは一生懸命なのに、なんだか腹が立つ。その分しっかり問い質さずにはおかない、と内心で決意した。

「トマス、あなたなぜここにいるの？　しかも庭師姿で。もう首都を出たと聞いたわ」

「出るつもりだったんだけどね、国王陛下は本当に有能な男で、蟻の這い出る隙間もなかった。なんとか逃げ帰って、ここに潜り込んだんだ」

トマスが肩を竦め、カップをソーサーに戻すと笑いかけてきた。

「君にも助けてもらえると期待しているよ。まさか僕を突き出しはしないだろ？」

トマスの邪気のない懇願は母性本能を刺激し、なんでもしてあげたくなる。ちらりとみると、大伯母たちもうんうんと頷いていた。

自分まで丸め込まれてはいけない。トマスは大切なグラースを傷つけようとしたのだ。自分とグラースの仲を裂こうと画策し、爆弾やヒ素騒ぎも起こしている。

トマスは自分が関わったそれで、怪我人が出たことをなんと申し開きをするのか。

大伯母たちが期待に満ちてエマを見つめる。でもここで流されたりはしない。

「トマス、あなたがグラースにする釈明を、今わたしが聞きたいわ。爆弾のこと、ヒ素のこと、そしてわざと伝言を違えて混乱を生じさせたこと」

指を折りながら指摘して、最後にきっと顔を上げトマスに詰め寄った。

「おお、怖い。たおやかな女性だと思っていたのに、何、この強さは」

「茶化さないで！」

ぴしりと窘める。トマスは肩を竦めてから、おもむろにカップをソーサーに戻した。

「だから嵌められたんだって。事件の背後に僕がいるってことになっているんだろ。でもその根拠は何？　君、陛下に聞いてみた？　小姓や侍女や女官、そして下働きのかわいこちゃんたちとは、確かに関係があったことは認めるよ。でも僕は爆弾なんか仕掛けていないし、ヒ素を入れさせてもいない。小姓と侍女のしたことは、まあちょっぴり意地悪だったかなあって認めるけど。心に決めていた想い人を、君のことだよエマ、陛下に取られた身としては、少しくらい意地悪したって許されるだろう？」

滔々《とうとう》と畳みかけられて、エマは口を挟む隙もない。ようやくトマスが口を閉じたので、疑問点を一つずつ確かめる。

「あの爆弾、女官が負傷したあれに、あなたは関わっていないのね」

「全然何もしていないとは言わないさ。実を言うとあれは花火だったんだ。花火の火薬を集めて、ほんの少しポンと鳴らして脅かそうとしただけ。街の男に金を渡して、彼女をそそのかして、あの道を通るように伝えただけなのに、どうしてあんな大きな炸裂になったのか、なんで女官があんなに大怪我をしたのか、僕の方が聞きたい」

「どうして花火……？」

「そこはその、……つまり君を脅して、こんな危険な結婚はやめたいと思わせようと」

「わたし!?」

仰天して目を瞠ったエマに、トマスはむっとした顔になる。

「だから何度も言っているじゃないか。僕は君が好きなんだって。陛下との結婚を邪魔しようと考えるのは普通だろ」

エマはぱちっぱちっと二度ほど瞬きをした。それから、はあっと大きくため息をついて首を振る。

「たったそれだけの理由で？　彼女は大怪我をしたのよ!?　どうしてそんなこと……」

「どうして!?　何度も言っているのに。君が好きって」

「それは、冗談だと思っていたの。でも、本気であなたがわたしのことを好きだと言うのなら、今、はっきり返事をするわ」

エマが息を吸った途端、それまで黙って聞いていた大伯母たちが、口を挟んできた。

「ねえ、エマ、今大事なのはトマスをどうするかということでしょ。トマスの繊細なハートにとどめを刺すのは、事件が片づいてからにしてあげてくれない？」

「……くれない？」

「大伯母さんたち、なんで僕が失恋確定なんですか。僕はまだ諦めるつもりはありませんからね」

トマスが猛然と抗議するが、大伯母たちはかまわずエマに根本的なことを思い出させる。

「陛下と一対一で話せば誤解も解けて、わかり合えると思うのよ。なんとかあなたの手で会見を設定してちょうだい」

「……してちょうだい」

確かに。トマスの釈明を信じるかどうかは別として、グラースと話し合う必要があるとは、エマも思った。グラース自身、ぜひ本人の口から事情を聞きたいと言っていたではないか。

大伯母たちの願いも叶えて、トマスの身の安全も図って、それからグラースに危害が及ばないように考えて。

「わかりました。なんとかします。わたしも幸せな結婚式を挙げたいですから、その前に事件が解決するように」

エマの言葉にトマスが「結婚式なんて駄目だ！」と叫ぶが、エマも大伯母たちも無視する。

「園遊会のときはどうかしら。一般公開のある本宮はとても警備が厳しくなると思うけれど、その分ほかの宮は手薄になると思うの。わたしが南宮の薔薇園にグラースを連れ出すから、そこで会うというのは」

考えながら提案すると、大伯母たちが満面の笑顔になる。

「あの薔薇園ね。すごくロマンチックなところ。陛下もあそこでなら、トマスへの気持ちを和らげてくれるのではないかしら。ありがとう、エマ」

「……ありがとう、エマ」

大伯母たちの言葉に頷くと、

「まだ完全に納得したわけじゃないけれど、話し合いの場を設けてみるわ。段取りができたら大伯母様に使いを出すから、庭師の恰好で薔薇園まで来て」

エマは表情を引き締め、トマスに言った。

◇◇◇

園遊会の当日がやってきた。

朝早く起こされたエマは、薔薇の香油を浮かべた風呂で身体を洗い、部屋着を羽織ってドレッサーの前に座った。

化粧を受け持つ者、髪を結い上げる者、爪の手入れ等々、小間使いのエミリやクレメンスほか大勢の女官に囲まれて、普段のエマから煌びやかなエマに変身する。

ドロワーズとコルセットを身に着け、黄金織のペチコートを穿く。エマの瞳の色に合わせた碧のシルクタフタドレスには銀の刺繍が施されていた。胸許と袖口には純白のレースがふんだんに使われ、そのレースを留めるのは鮮やかなエメラルド。

孔雀石《くじゃく》とダイヤを散りばめた金の鎖を連ねたネットでアップした髪を覆い、結い上げた髪に

ばれた。

緑の瞳を持つエマには、グリーン系のドレスがよく似合い、今回も深みのある碧の衣装が選ばれた。

身支度を終えてすっくと立った姿は、艶やかな緑の炎のようだった。

美しく装いながらエマの頭を占めていたのは、トマスとグラースをどうやって会わせるかということ。トマスはすでに庭師の恰好で南宮に移ってきている。庭に建ててもらった物入れ兼休憩所に一晩潜んで、エマの呼び出しを待っているはずだ。

園遊会が始まれば、南宮の警備兵も本宮へ駆り出され、手薄になることはわかっていた。だからトマスが移動するのはさして困難ではない。

問題はどうやってグラースを薔薇園に誘うか、そしてどうやって護衛を遠ざけ、トマスと二人きりで話せる状況を作り出すか、だ。

さらに護衛を遠ざけたとき、グラースを守る手段も必要だった。トマスは信用できても、ただの花火を大げさにした犯人がいるはずなのだ。大切なグラースを守れると確信できなかったら、直前でも中止するつもりでいる。

「姫様、お綺麗です」

エミリが見惚れて吐息を零す。

「お美しいです」

裾にほつれがないか、屈み込んで確かめていたクレメンスが、にっこり笑って立ち上がった。

「ありがとう」

エマは二人に微笑みかける。胸に難しい計画を潜ませているせいか、緊張感が彼女をさらに凛と見せていた。

刻限が来て、王宮の門が開かれた。待ち受けていた群衆が一斉に入場してくる。

エマとグラースは正門側のバルコニーで人々を迎え入れた。正装した国王と一緒に立つエマに、歓呼の声が寄せられる。緑の炎のようなドレスを纏ったエマには、すでに王妃の品位が備わっていた。

入場を許された群衆は、王宮を見ながら、回遊式庭園を一巡りするルートが設定されている。正門から入って東門に抜ける道である。

約一時間バルコニーに立ち続け、ときおり笑みを交わし合いながら、延々と続く人の波を見ていた。

「皆あなたを見に来たのだわ。あなたが人気のある国王様だという証ね」

「民衆はエマを見に来たのだ。さ、手を振ってごらん」

グラースに勧められて手を挙げて小さく振ってみると、わあっと歓声が上がった。感激でぱっと頬が紅潮する。

「ほら、歓迎されているだろ。国民にエマを披露するのは初めてだからな。好意的な反応でよかった」

頃合いを見て部屋に入ったエマとグラースは、飲み物を手にソファに座って一休みした。

庭園を一回りして出ていく群衆とは別に、王侯貴族だけの園遊会が奥庭で開かれているのだ。

一服したら、今度はそちらに出席しなければならない。

「ねえ、グラース。園遊会の間に、少しだけ薔薇園に行ってみない？　ゴルムが、開花しそうなシルヴィローズがあると知らせてくれたの」

「そうなのか？　いいとも。ずっと我々がいる必要もないからな」

簡単に承諾を得られてエマはほっとする。豪華な衣装の隠しに手を触れ、そこに入っている金属の硬い塊に安心する。これがあれば、万一のときもグラースを擁護できる。密かに調達するのに時間はかかったが絶対に必要なもの。

腕を組んで庭をそぞろ歩き、行き交う招待者たちと懇談する。結婚式も秒読みになってきていたので、内心はどうあろうとも、かけられる言葉は祝福ばかり。

グラースの治世が続く以上、エマは王妃として彼らの上に立つのだ。よしみを通じておく方が賢いというものだ。

それを如実に表わしたのが、ペロー伯爵夫人だ。

「本当に、素敵な、お召し物、ですこと。おめでとう、ございます」

ぎこちなく一言ずつ区切る言い方に不本意なのは如実に表れていたが、エマは祝意だけを受

け取って穏やかに返した。

「ありがとうございます。陛下が生地やデザインを吟味してくださいましたの。わたしも気に入っていますわ」

伯爵夫人の面目を潰さないように気を配った。隣でグラースが、意識して真面目な顔を取り繕っている。笑いたいのを堪えている顔だ。彼が噴き出す前にとその場を離れ、庭の奥へ連れて行く。

衆人環視というのが辛いところだ。ようやく人の少ない場所に行き着いて、グラースが堪えていた息を吐き出す。二人についていた護衛が、遠慮するように少し離れた。

「ま、一件落着というところだな。あの伯爵夫人は、今後エマに敵対することはしないだろう」

本質を見抜いているからこその言葉だ。

「はい。わたしの身の安全のためにも、国の繁栄のためにも、あなたを守るわ」

「馬鹿、守るのは私の方だ」

「ではお互いがお互いを守るということに」

さらりと切り返したエマの言葉に、グラースが笑ってエマの手を握る。

今だ、とエマはさりげなく聞こえるように、グラースを薔薇園に誘った。

「このまま薔薇園に行きませんか？　うまく皆の視線から離れたことだし」

「そうだな。シルヴィローズを見に行こうか」

二人でそぞろ歩いて南宮へ向かう。二人付きの護衛兵は、移動に気がつかなかったようでついてこないが、そこかしこに衛兵が立っているので身の危険は感じない。

目立たないように物陰に隠れながら、彼らは油断なく辺りに気を配っている。これほど厳重に警戒された園遊会もかつてないだろう。

それもこれもトマスが捕まらないからだ。事情を知っているエマは護衛兵たちに申し訳なくて、内心で頭を下げている。

でもあと少しだから。グラースとトマスが会えばこの事態は解消されるはずだ。

「エマ、何か隠していることがあるだろう。怒らないから言ってごらん」

目の前に薔薇園の壁が続いている。その少し先に入り口も見えてきた。塀に沿って歩きながら、エマがどう切り出そうかと頭を悩ませていたら、グラースの方から水を向けてくる。

「え？」

意外に感じてぱっと顔を見上げると、グラースが苦笑した。

「些細な変化でも見落とすはずがないだろう。ずっとエマのことを見ているのだぞ、私は」

「グラース……」

捕まっていた腕にぎゅっと力を入れた。嬉しくて、愛おしさが胸に溢れる。

「薔薇園で、話すわ」

行きましょうと、急ぎ足になった。門を潜ると、噎《む》せ返るような薔薇の香りに迎えられる。

四季それぞれに咲くように調整された薔薇の花は、いつ訪れても綺麗に咲き誇っていた。

エマは薔薇園の中央にある四阿を目指し、グラースを促して複雑に刈り込まれた迷路を進む。四柱に薔薇の茎を巻きつかせた四阿の傍らに、剪定鋏を小脇に抱えた庭師が待っていた。

グラースが立ち止まって目を凝らす。

「ゴルムではないな。ほかの者はこの薔薇園には立ち入り禁止を言い渡してあるのだが」

かまわず「行きましょう」とエマが促した。グラースはエマをちらりと見て、何か察したのか身体にぐっと力が入った。表情も今までの凪いだ顔から一瞬で厳しく引き締められる。

エマははらはらしながらも無言。片方の腕はグラースに預け、もう片方をそろそろとスカートの隠しに伸ばして、硬い塊を掴んだ。

二人で一緒に庭師に近づいていく。

「トマスか」

互いの顔がはっきり見える位置で、グラースが立ち止まる。

「はい、その通り。お探しのトマス参上です」

ふざけた物言いで、トマスが庭師用のつば広の帽子をさっと取った。染めていたのを元に戻したようで、金髪がぱさっと広がり日光を撥ね返して煌めく。

「相変わらず華やかな男だ」

忌々しそうに呟くグラースの声には、苦みすら籠もっていた。意外に感じたエマが見ると、グラースは眉を寄せたまま彼女に告げる。

「君もトマスの容姿と軽妙な話術にやられた口か」

「それは違うわ。確かにトマスは華やかかもしれないけど、軽くて浮気性でちっともわたしの好みじゃないもの。少しも心惹かれてなんかいません。わたしが愛しているのはあなたよ、グラース。男としてあなたほど素敵な方はいません」

きっぱり言い切ると、グラースが目を瞠った。

「ひどいなあ、そこまで言い切るかい。君、ほんとに容赦ないね」

トマスが、苦笑している。そちらを見もせずに、グラースはエマをひたと見つめた。

「では私の命をトマスに委ねるためにこの場に誘い出したのではないと？」

「もちろん違います。わたしと大伯母様方は、二人で余人を交えず話し合えば誤解が解けると思ったから、この場を設定したのよ」

「……大伯母たちもぐるか」

グラースが嘆息する。

「だからトマスと話し合って。トマスは誰かに嵌められて……」

エマがそう言いかけたときだった。トマスがふんと荒く息を吐き出すと腕組みをした。

「エマ、君は可愛さ余って憎さ百倍って言葉を知らないのか。君に求愛している男の前で、ほかの男への愛を誓われたら、いったいどんな気持ちになると思っている」

「トマス?」

トマスを振り向こうとしたエマを、グラースが抱き込んだ。

「え? 何?」

わけがわからずエマが戸惑っている間に、つかつかとトマスが歩み寄ってきた。距離が近づく分グラースが後退る。彼の胸に顔を伏せている状態なので見ることはできないが、二人の間に流れる不穏な空気に鳥肌が立った。

「エマ、君には感謝するよ。グラースを無防備なままここに連れてきてくれた。警備兵もうまく撒いたようだし。これで彼は僕の思いのまま。殺すのもいたぶるのも」

「何を言っているの、トマス。まさか……」

エマはきつく抱き締めるグラースから逃れようと身動いだが、腕の力はますます強くなるばかりだ。

「トマス! 馬鹿な真似はやめろ」

グラースがびんと響く太い声で言った。

「馬鹿な真似かな、これ。従兄弟殿がいなくなれば、エマが手に入る。別に王位は欲しくないんだけれどねえ」

対するトマスは飄々とした声だ。いったい二人は何をしているのか。どうしても見なくては。その一心で足掻き、グラースの腕に爪を立てた。

「……っ」

思いの外強く引っ掻いたようで、グラースの力がほんの少し緩む。その隙になんとか彼の腕を振り切った。自由になってトマスを見た途端、エマは恐怖で悲鳴を上げた。

「トマス！　あなた何をしているの！」

トマスが手に銃を持ち、グラースに狙いをつけていた。エマと目が合うと、にこっと笑って肩を竦めた。

「これかい？　銃で従兄弟殿を狙っているだけだよ」

やはり冗談だとしか思えない口調だ。だが死の顎にしか見えない銃口は、間違いなくグラースを狙っている。エマはこくんと唾を飲み込んだ。

「どうしてそんなことを。わたしを騙したの？」

「エマ、危ないからこちらに来るんだ」

グラースが伸ばす手をかいくぐって、エマはトマスを問い詰める。

「全部嘘だったの!?　わたしに釈明したこと。自分は関係ないって」

「エマ、いいからこっちに」

「うるさいね、従兄弟殿は。今エマと大事な話をしているんだ。邪魔しないでくれないか」

トマスがいきなりグラースに向けて引き金を引く。咄嗟にエマはグラースを突き飛ばそうと飛び込んでいた。グラースはグラースで、彼女を守ろうと抱き込んで地面に転がる。

銃の発射音と、焦臭い硝煙の臭いが辺りに漂う。

「グラース！　グラース！　大丈夫なの！」

地面に押さえ込まれた体勢から、必死で身を捩ってグラースを見上げる。

「ああ、大丈夫だ。エマのおかげで」

みると肩の布地が少し焦げている。だが怪我はないようだ。まさに危機一髪だったのだと思うと、身体がぶるぶる震えてきた。

「トマスが、あなたを狙った。もう少しであなたを失うところだった……」

両手を伸ばして逞しい身体を抱き締める。生きている。まだグラースは生きているのだ。だったらなんとしても守らなくては。

舌打ちしながらトマスが近づいてきた。

「なんて麗しい庇い合いだろうって、僕が言うと思ってるのかい？　言わないよ、悔しいだけだから。エマ、どうして君は従兄弟殿を庇ったの？　咄嗟に僕が狙いを逸らしたからよかったものの、君まで撃ってしまうところだったじゃないか」

グラースに庇われ、地面に押さえつけられた姿勢で、真下からトマスを見上げる。銃を持った腕でグラースを狙うトマスは、不服そうに唇をへの字にしていた。子供みたいだ。残虐な行為であるはずの銃撃とその顔が、どうしてもそぐわない。

「わたしを撃てばいいわ。グラースを失って生きていたくはないもの！」

「馬鹿なことを。僕が君を撃つはずがないだろう。それでは本末転倒だ。僕が欲しいのは君なんだよ。グラースを失っても、君は生きていく。そして何年か経てば、新しい恋をする気になる。だって悲しみはいつかは癒えるものだからね」

「ならない……」

叫びかけた口をグラースの掌に塞がれた。頭を、しっかりと抱え込まれる。

「トマス、撃つなら私だけにしろ」

「もとよりそのつもりだ。できればエマを離してほしいけれど」

しっかりしがみついているエマの腕を見て諦めたようだ。

「エマに中《あた》らないように撃つ」

「エマ、危ないから手を放すんだ」

「二人で何を言っているのよ！　トマス、あなたにグラースを殺させたりしないわ」

「いいから、エマ。おとなしくするんだ。エマに怪我させるわけにはいかない。……幸せになれ。愛しているよ」

真剣な眼差しだった。闇雲に足掻いていたエマは、冷水を浴びせられたようにぶるっと大きく震え、冷静になる。

落ち着け、自分はグラースを守る手段を確保してここに来たはずだ。それを使うのに、この状態では少し厳しい。

「トマス、一つだけ教えて。本当に全部あなたがしたことなの？」

震える息を呑み込み、できるだけ冷静にと言い聞かせながら尋ねた。時間を稼《かせ》ぐのだと自らに言い聞かせる。

「そうだよ。全部、僕がした。嘘を言ってごめんね。君に一目惚れして、君が欲しいと自覚したら、従兄弟殿が邪魔なのに気づいてしまった。鬱陶しいから今まで無視していたんだけど、僕を担ぎ上げようとする組織に繋ぎを取ったよ」

「あなたを担ぐ勢力……」

「そう。国王なんてなりたくないよ。でもそうしなければ君は手に入らない。最初従兄弟殿は君を無視していたから、だったら僕のことを好きになってもらって、恋人にしようと決めたんだ。順調に君とお近づきになって親しくなったのに、いきなり従兄弟殿に割り込まれた。あのままうまくいっていたら、こんなこと、しなくても済んだんだ」

トマスは悲しそうに嘆息する。そのくせ手にした銃は微動だにせず、グラースに向けられたままだ
「従兄弟殿と君が婚約して、従兄弟殿が死なない限り僕の手は届かなくなってしまった。だからつい、悪魔の囁きに乗ってしまったんだよ。組織はいろいろ便宜を図ってくれた。行き当たりばったりで行動した僕の行為を、自分たちの目的に合うように変えたりはされたけれどね」

トマスはふっと自嘲する。グラースに抱き込まれたままエマは、おとなしくトマスの告白を

聞いている。そうしながら目的のために手を動かしていた。

グラースが眉を寄せて覗き込んでくる。エマの動きを不審に思ったのだろう。エマは目で黙っていてと制した。

トマスは何も気づかず、喋り続けている。勝利を確信しているから焦らないのだ。どう転んでもグラースの命は自分が握っていると。

「騒ぎを起こしてなんとかしたいと考えたんだ。そのためにいろいろやった……これで疑問は晴れたかい」

「ええ、全部、綺麗さっぱりと」

「だったらそろそろ」

トマスが一歩前に出た。エマの目にも拳銃を握っている彼の手が見える。

トマスが銃を持つ手を真っ直ぐに伸ばした。グラースに狙いをつけ、左手で支える。引き金にかかった指に力が入った。

「ごめんね、エマ。従兄弟殿の命をいただくよ」

「いいえ、させないわ！」

エマが叫ぶと同時に、銃声が響き渡る。トマスが、愕然と、弾き飛ばされた自分の銃の行方を見送っていた。その腕からたらりと血が伝い落ちる。硝煙は、エマが手にした銃から上がっていた。

グラースが身体を脇に寄せ、エマはもがきながら急いで立ち上がる。まだ煙の出ている銃をトマスに突きつける。その手がぶるぶる震えていた。

グラースが震えているエマの手を包み込む。握り締めていた指をそっと外し銃を奪うと、帯刀する剣をトマスに向ける。

「エマ、君は……、僕を信じていなかったのか」

トマスが腕を押さえながら、エマを凝視して呟いた。呆然としていて、グラースが銃を突きつけている方には目もくれない。

「信じたかったわよ！　でもわたしはグラースが大事だったから、だから銃を手に入れて、撃ち方を習って……」

自分が銃を撃ったという衝撃で、声が上擦っていた。泣きそうだ。グラースを助けることができたという喜びなど微塵もない。

トマスを信じたかった。でも万一のことも考えて、クレメンスに相談したのだ。

「園遊会で陛下のお命を狙う者がいるという噂を聞きました。もしものときのために銃を手に入れて。お願い」

クレメンスは詳しく聞かずに銃を調達してくれた。撃ち方も教えてくれ、こっそり試射にも付き合ってくれた。でも、使いたくなかったのに。

「こんなこと、わたしが望んだんじゃない！　わたしにこんなことをさせて。トマス、あなたを一生恨むわ」

そのときになって、ようやく護衛兵が駆けつけてきた。エマたちの姿が見えなくなったのに気がついた侍従長があちこち捜させていたのだ。銃声が聞こえたのか、皆青くなっている。グラースがエマを抱き締めて立っているのを見てほっとしたようだ。

だがその手に銃があり、向かい側に立つトマスに向けて剣を構えているのを見て、狼狽が広がる。

「トマスを捕らえよ。反逆罪だ」

グラースの凛とした声で、立ち竦んだ兵たちがぎこちなく動き出す。

「殿下、失礼します」

隊長が呆然と立っていたトマスの傷を見て血止めを施すと、項垂れた彼を連行していく。エマの前を通るときだけ、トマスが顔を上げて正面から視線を合わせてきた。唇が何か言いたげに動いたが、結局何も言わず、通り過ぎていく。

グラースは傍らの護衛兵に銃を預けた。

「保管しておいてくれ。あとで詮議のときに必要になるかもしれない」

侍従長がやってきて状況を見て取ると、クレメンスを呼び寄せる。実際立っているのもやっとなほど、エマは気力を喪失していた。

「陛下は宮殿に戻ったと、民衆には伝えましょう」

「たのむ」

あれこれ指図を終えたグラースが、クレメンスに寄りかかるようにしてなんとか立っているエマの側に歩み寄る。

「エマ……戻ろう」

「はい」

エマも万感の思いを込めて頷く。侍従長、護衛兵らが、それぞれの待機場所に戻った。

南宮のエマの部屋まで送り届けたグラースは、着替えて休みなさいと言い、彼女をクレメンスたちに預ける。後始末がまだあるのだ。

自分の部屋でぼんやりするエマを、女官や小間使いが甲斐甲斐しく世話をしてくれる。地面に倒れ込んだせいで台無しになってしまったドレスを脱ぎ、湯に浸かる。髪も洗ってもらいさっぱりしてから、部屋着を纏ってソファに腰を下ろす。

身体中の力が抜けたようで、がっくりと背凭れに身体を預ける。もう立つことすら覚束ない。

「エマ様」

心配そうに小間使いのエミリが椅子の側に跪く。フローレンスから一緒の彼女の方が、エマの気持ちが安らぐのではないかというクレメンスの配慮だ。

ソファに半ば凭れるようにして、エマはつい先ほどの出来事を反芻する。

もっとほかにやり方はなかったのか。どうしてもそう考えてしまう。

反逆罪で囚われたトマス。反逆罪は死刑と決まっている。

グラースを愛するエマからすれば、もちろん彼のことが一番大事だ。でもトマスも遊び人のような軽さはあっても、真に悪人ではなかったはずだ。

しかもこの一連の出来事は、トマスがエマを欲したから起きたのだと知らされた。彼は何度も言っていた。王位なんて欲しくなかったと。

「わたしさえいなければ……」

その痛切な思いが、エマを打ちのめす。友人として接し、それ以上の期待を抱かせるような振る舞いはしていないと断言できる。それ以上何ができたのか……。

グラースとトマスが会う設定を考えたとき、エマはトマスを信用していた。ただ万一のことを考えて銃を用意したのだ。でもそれを必要とすることなく、誤解を解いて和気藹々と話し合いが進んでくれればと願っていた。

……でも、こうなってしまった。

トマスが銃を出した時点で、もう事は破綻していたのだ。グラースの命を危険に晒したときの恐怖。

グラースの命を守ることができたことは、本当によかったと思っている。でもその代わりトマスが捕らえられてしまった。もちろん彼は全てを承知の上で、反逆を決意したはずだ。

グラースかトマスかと聞かれたら、自分はいつだってグラースを選ぶ。今回のように。だから後悔はない。ないはずなのに、もっとほかにやり方はなかったのかと考えてしまう。堂々巡りだ。

エマがトマスのことを全く信じていなかったら、あの薔薇園にグラースを連れて行くどころか、逮捕させることを考えただろう。でも信じていたのだ。

クレメンスがお茶を淹れてくれた。温かなお茶は、気分を落ち着かせてくれる。

何をどう考えても事は起こってしまい、もう取り返しはつかない。トマスは自分のしたことの責任を取り、エマも自分の行動に責任を持つ。

ようやくそう思い切り、事情も聞かずエマのために動いてくれていたクレメンスに、事件の概要を伝えた。表面に現われた事実だけを見れば、トマスがグラースに取って代わろうとしたクーデターだ。

「トマスが、追われているのは誤解だと言ったのを信じたかったの。二人で話せばわかり合えると思ったから。でも心配だったから、あなたに銃を用意してもらったの。本当に念のためだったのに」

「陛下のお命を守られたのですね。御立派です」

クレメンスの称賛に、エマは激しく頭を振る。

「そうじゃないわ。わたしが余計なことをしなければ、グラースを危険な目に遭わせることはなかったのに。わたしが！」

「それは違う、エマ。君は私の命の恩人だ」

いきなりグラースが入ってきて、エマは驚いて顔を上げた。正装を脱ぎ、楽な恰好になっている彼を見て、駆け寄って抱きついた。

「グラース！」

もう離れたくないとばかりぎゅうぎゅうに抱きつき、縋りつく。いきなり涙がどっと溢れ出した。グラースの無事な姿を再確認して、感情が激したのだ。

グラースもしっかりとエマを抱き締めた。

「グラース、本当にごめんなさい。あなたを危険な目に遭わせてしまって。あのとき、あなたを失っていたかもしれないと思うと……」

噎びながら訴える。

「心臓が幾つあっても足りないほど、今日は何度も肝を冷やしたぞ。エマ、君は本当に無茶をする」

深い嘆息とともに、グラースがエマに恨み言を言う。

クレメンスをはじめとする女官たちが、静かに部屋を出ていった。パタンとドアが閉ざされ、部屋に二人きりとなる。

泣き続けるエマを抱いて、グラースがソファに腰を下ろした。優しく髪を撫で、額や頬に口づけて、エマが落ち着くのを待つ。

やがてしゃくり上げていたエマが、なんとか涙を止めてグラースを見上げた。

「最初に話しておこう。トマスが逃亡した」

「え？」

「牢に連行する途中で、何者かに奪取されたらしい」

「トマスが……」

「協力者がいたと彼自身が言っていたから、その連中かもしれないな」

自分を殺そうとした相手が逃げたにしては、グラースは落ち着いている。かつて敵には容赦せず残酷王とまで言われた人が、そんな手抜かりをするだろうか。きっとわざと逃がしたのだ。

トマスが再びクーデターを画策する可能性もあるというのに。

おそらく、わたしのために。そして大伯母たちのために。

「グラース、グラース」

感極まって、グラースの名を呼ぶことしかできなかった。

「この国に戻ってこないのなら、それでいい。追っ手は出さない。ただし再び争乱を起こそうとしたら、そのときは容赦しない」

「ありがとうグラース」

エマは伸び上がって、何度もグラースの唇にキスをした。

「別の男の無事をそれほど喜ばれては、私としては複雑なんだが」

グラースが苦笑しながら言った。

「私が愛しているのは、艶やかな濃茶の髪と、吸い込まれるような深い琥珀色の瞳のあなたよ」

言わなければわかってもらえないと、エマはグラースに伝える。

グラースは面映ゆかったのだろう、優しくエマの口を塞いだ。小さなキスを繰り返し、やがて舌を絡め合う深いキスに移行していく。

僅かに唇を離し、エマは訴えた。

「二人で、争いのない平和な国をつくっていきたいわ……できるかしら」

「ああ、身内同士で憎しみ合うことのない、平和な国を目指そう」

そうしてグラースはエマの瞳を覗き込みながら、意味ありげに微笑んだ。

「エマ、君がほしい」

「私も……」

エマがささやくと、グラースが耳許に唇を寄せてきた。そして息を吹きかけ、エマの身体に甘美な震えを走らせながら言ったのだ。

「見せてほしい。エマがどれほど私を欲しているのか、その証を」

甘く誘う声にエマの全身が痺れた。ぽうっと夢心地になりグラースを見上げる。

「……どうすれば、いいの？」

「脱いで、そして一糸も纏わないエマの美しい身体を私に見せて」

「そんな……」

恥ずかしくて躊躇っていると、グラースがふわりと胸に手を被せてきた。見た目よりもずっと豊かな乳房が彼の掌にすっぽり収まった。

「嫌なのか？」

言いながらわざと乳首を挟むようにして手を動かす。少し触れられただけで、乳首がきゅうっと硬くなった。反応を見られている。わかっているのに、快感に呻き声が漏れてしまった。

「……ぁ、ん」

「ほら、こちらも」

グラースに引き寄せられ、背後から抱かれた体勢で、両方の乳房を揉みしだかれる。

「あ、あ、いや……」

しないでとグラースの手を押さえるが、彼は動きを止めず、乳首を押し潰したり指で摘まんだりしてまるで遊んでいるようだ。

「グラース……」

「なんだい？」

やめてと言おうとしたのに、言えなくなった。やめてもらうためには自分で服を脱がなくてはならなくて、そちらは今よりもっとハードルが高すぎる。

それに胸を触られるとずぅんと痺れが走り、だんだん何かを考えることが難しくなってきた。

それをいいことにグラースは傍若無人に振る舞い始める。

乳首を揉んで硬くすると、ふくよかな稜線を辿るようにやんわりと掌で撫で、そうかと思えば痛いと息を呑むほどぎゅっと乳房全体を鷲掴みにする。

そして乳首を挟んだ人差し指と中指に力を入れて、鋭い快感と痛みを同時に与えてくるのだ。乳首を苛められると、得も言われぬ甘美な痺れが背筋を上下する。

気がつけばグラースの腿の上に乗せられていて、背後から延びる手に乳房をホールドされ、いいように弄《もてあそ》ばれている。

服の上から触られていたはずなのに、その手はいつの間にか中に忍び込んできていて直接触れられていた。

「あ、も、や……」

「嫌、だって？　エマの身体はいいと言っているが」

揶揄しながらグラースの手がぎゅっと乳房を鷲掴む。

「ああ……っ」

「全部自分で脱ぐのが駄目なら、ここだけ自らはだけて見せてくれないか？」

「ここ？」

「そう、エマの麗しい胸を見せて」

言いながらグラースはエマの手を捉え、胸許のリボンに導いた。

「解いて」

深みのある声が、欲情して掠れた声で促す。官能的なその声に知らず知らずに従って、リボンを解いた。部屋着の前がはらりと開き、豊かな胸が露わになった。

「ああ、綺麗だ」

間近に顔を寄せられ凝視されて、エマは胸を隠そうと手を動かした。が、その腕は直前で掴まれて押し退けられる。

「見せてほしいと言ったはずだ」

「でも……」

頬を染めて見上げるエマの瞳は、羞恥でうるうると濡れていた。グラースが呻いてエマの項に顔を擦り寄せる。

「堪らない。エマの肌はいつもいい香りがする。私をどれだけ誘惑するつもりなのか」

「そんな、していない……」

いやいやと首を振るが、グラースはかまわず項に唇を押し当てて、舌でぞろりと嘗めた。

「甘い」

「や……っ」

ぞくぞくと背筋に震えが走った。肌が粟立って、堪らず身悶えする。腰の奥から覚えのある快感が湧き上がってきた。じわりと濡れていくのが自分でもわかった。もじもじと膝を擦り合わせてしまう。

グラースはまだエマのその様子には気がつかないようで、項を嘗めたり甘噛みしたりしながら、胸に触れていた。

「ほら、乳首がもうこんなに硬くなっている。私の愛撫で感じているようだ」

「そんな、言わないで……」

エマがグラースの言葉を止めようと彼の口許に手を伸ばしたが、あっさり掴み取られて掌に口づけられる。舌でざらりと嘗められると、堪らず声が出てしまう。

「つぁ……、ぁ、ああ……んっ」

甘く濡れた声だと、自分でもわかっていた。我慢しようと本当に思っているのに、グラースの愛撫はまるで楽器を奏でるように、エマの声を引き出してしまう。

さんざん乳房を堪能してから、グラースは手を下ろしていく。乳房のすぐ下、臍、脇腹に触り、さらにその下を目指す。当然肌を覆っていた部屋着もそれに連れて下ろされていき、エマの上半身は腕に布を纏わりつかせただけの裸体になった。

グラースが「素晴らしい」と吐息混じりに告げる。背後から肩や腕に口づけ、吸い上げた。もちろん手も遊んでいない。じりじりと下がり続けた指が、下着をかいくぐりついにエマの下生えに触れる。さわりとそこを撫でてから、指が秘裂に差し込まれた。

「もうこんなにしていたのか」

指先で掬い上げた蜜液に、グラースが驚いたような声を上げた。エマはぱっと顔を押さえ、グラースの視線から逃れようとする。触られただけでしとどに濡らしてしまうなんて恥ずかしすぎる。でも指で花びらを擽られると奥からこぽりとまた溢れさせてしまうのだ。

グラースの指が動くと、ねちゃねちゃと淫らな水音が聞こえる。すべてエマの蜜壺から滴り落ちた淫水だ。

中を掻き回しながら、グラースが熱い吐息を吹きかけてくる。密着している背中から、グラースの激しく高鳴っている鼓動も聞こえてきた。そして、腰かけている脚の間にある彼自身が、硬く昂っているのもわかってしまう。

エマはこくりと喉を鳴らした。触れてみたい。はしたないと自身を窘めても、その気持ちは何度も湧き上がってくる。喉がカラカラに渇いてきた。そろりそろりと、手をそちらに向かわせる。躊躇いながら動かして、障害物に出くわした。自分の脚だ。彼のモノに触れるには、腰の下に手を潜らせなければならない。

もう一つのやり方は、自分も脚を広げ、狭間にあるそれに手を伸ばすことだが、いくらなんでもそんなあからさまなことはできない。できない、触れないと逡巡していると、耳許でくすりと笑ったグラースがエマの手を取りあっさりと前に触れさせてきた。

「きゃっ」

びくっと引こうとしたら、上から押さえつけられて、彼の熱情の硬さ大きさをまざまざと感じさせられた。

「……グラース」

喘ぎながら彼の名を呼ぶ。どうしていいかわからない。

「握って動かして」

密やかな声でグラースが唆す。エマはびくびくしながら彼のモノを握った。布の上からでも、その熱さがわかる。しかもエマが指を動かすと、さらに大きく膨れ上がるのだ。ぴくりと手を止めると、

「エマの手に反応したのだ。止めないでほしい」

グラースが促してくる。前を開いて直接触るように求められ、エマはそそり立つそれに指を絡めた。強く握って、擦り上げて、先端を親指で、などとグラースに言われるままに手を動かしていると、先のくぼんだところからじわりと透明な液が滲んできた。

「気持ち、いいの？」

思いきって尋ねると、「いい」と吐息で答えてくれた。

グラースがエマの秘裂に指を忍ばせて掻き混ぜ、中を寛げている間に、エマは彼のモノを愛撫するのに夢中になった。ただ、自分の中をくじられると鋭い快感が突き抜けて、愛撫も中断することがしばしばだったが。

そうして互いに快楽を高め合っていき、最初に我慢できなくなったのはグラースの方だった。

秘裂から指を引き抜きエマを抱え上げると、自らの腰の上に落としていく。

いきなり彼のモノを奥深くまで呑み込まされたエマは、悲鳴を上げて仰け反った。

「いやあ……っ、あ、あ」

「すまない、我慢できなかった」

ぎゅっと抱き締めて謝罪しながらも、グラースはただちに滾る情熱をぶつけてきた。息もつかせぬ勢いで下から突き上げ、腰をグラインドさせ、そして持ち上げてすとんと落とす。

十分に解されていたから痛みはないものの、激しく媚肉を擦り上げられては堪らない。

「あ、あ……っ、やぁぁぁ……」

強く揺さぶられ、腰から脳天まで何度も痺れるような快感が走り抜ける。奥深くまで侵入を許し、掻き回され、愉悦に啼いた。背後から抱かれているから掴まるものがなく、不安定に身体が動く。すると予期せぬ場所にグラースの昂りが当たって、強烈な喜びが生まれるのだ。

グラースはエマを抱え込み、後ろから伸ばした手で胸に触れている。硬く尖った乳首を摘まれたりやんわり爪を立てられると、そこから快感が迸る。

「ああ、そこ、だめぇ……や、や……」

「や、じゃないだろう。いいと言ってごらん。気持ちいいって」

グラースが息を弾ませながら唆す。

「……いい、……あ、そこ、いいの……っ」

最初は小さな声で、でも夢中になるとだんだん声も大きくなる。そして、素直に声に出すと、快楽が増すこともわかってきた。

下から突き上げられ、自分でもゆらゆらと腰を揺らして感じていると、次第に頭の中が真っ白になっていく。グラースの動きも激しくなってきた。

「エマっ、イくぞ」

腰を掴まれて、抜けるぎりぎりまで持ち上げられ、中の空洞が嫌だと締めつけると、途端に強烈な突きが戻ってくる。

「あぁぁあっ……」

ぎゅうっと中を引き絞り、グラースに強く絡みついて、イく。頭の中が真っ白になった。身体が痙攣を起こしたように震えている。それをグラースが息も止まるほど抱き締めて、そして熱い切っ先がエマの媚肉を鋭く抉った。次の瞬間、グラースが達し、奔流を内部に迸らせた。

息も荒いまま、絶頂のあとの余韻に浸っていると、グラースが腰を引きエマを抱えたまま立ち上がった。

注ぎ込まれた白濁が、中に留める栓を失って外に零れだしていく。

「ぁ、いや……」

慌てて入り口を閉ざそうと力を入れようとしたが、イったばかりの身体はエマの自由にならず、まるで粗相したようにグラースの熱液が滴り落ちた。恥ずかしくて顔を背けたのに、グラースは上機嫌でエマの顔中にキスを降らせてきた。

「ここにもっと私のモノを注ぎ込みたい。たっぷりと、溢れかえるほど。エマ、君は私のものだ」

ベッドに運ばれ、中途半端に身体を覆っていた部屋着を脱がされる。グラースも着ていた服を脱ぎ捨てて、逞しい身体で圧し掛かってきた。受け止めた重い身体が心地よい。エマも自分から腕を回してグラースを抱き締めた。

「未来永劫、君を誰にも渡さない」

エマへの愛の誓いであり、ここにはいないトマスへの宣戦布告でもあった。

「わたしが愛するのはあなただけ」

エマも全身で愛を訴えながら、グラースの求めに応じていく。

何度も睦み合い、くたくたに疲れ果てるまで、二人の甘い営みは続いていくのだった。

◇◇◇

結婚式の当日がやってきた。外は快晴。国中が喜びで沸き返っている。誰もがこの佳き日を待ち侘びていた。

園遊会でエマの姿を垣間見た人々が、その気品、美しさ、淑やかさを口々に喧伝し、二人を描いた絵姿が飛ぶように売れていた。家々の窓やドアからは、国旗やその絵姿が下がり、お祝いの菓子を焼く甘い匂いもあちこちから漂っている。

ウエディングドレスを纏い、淡雪のようなベールをつけたエマは、感無量の面持ちで出発のときを待っていた。

ドレッサーの前に座っていると、ここに至るまでの様々な出来事が脳裏を過ぎっていく。人質としてストーバルにやってきて、冷遇されたことも命の危機に遭遇したことも乗り越えて、そして国王の花嫁になるためにここにいる。

グラースとともにこのストーバルを隆盛に導く使命が、王妃であるエマの肩にもかかって来る。一緒に重荷を背負う覚悟で、歩んでいかなければならない。

嬉しい驚きもあった。母が式に参列すべく、駆けつけてくれたのだ。グラースの配慮で密かに使者が発ち、母も快く応じたことから実現した。

王女である母を呼ぶために、グラースは両国の間に和親条約を結ぶ用意があるとフローレンスに通告したらしい。

「あなたの王様によくお礼を言いなさい。すべてあなたが幸せになるようにと配慮してくださったのよ」

母がベールの具合を確かめながら笑顔で告げる。

和親条約ではこれまでの講和条約で呈示されていた厳しい条件が、かなり緩和されていたという。この先の両国の平和を願ってのことだ。

ありがたいことだとエマは頭を垂れる。そして今後はお互いに争いのない国にするという決意をさらに強くした。

「刻限です」

クレメンスの言葉でエマがすっと立ち上がる。純白のベール、ドレスがエマの身体に沿ってさらさらと流れ落ちた。母が感極まったようにエマを抱き締める。

「あなたに幾久しく幸せを」

「ありがとう、お母様」

庭いじりが好きな、少々変わった娘をこれまで慈しんでくれて。

その庭いじりがグラースと親しくなるきっかけになったのだから、縁とは不思議なものだと思う。

嬉しい驚きはもう一つあった。両国の友誼を結ぶために、フローレンスから母のほかに王家を代表して王太子が式に参列したのだ。しかもバージンロードを進むエマを導き、グラースに引き渡す役を自ら志願してくれた。

長いベールとトレーンを背後に引きながら、エマは、真っ直ぐ前を向いて歩き出す。教会の前で待ち受けていたフローレンスの王太子が、エマに微笑みかけた。

「綺麗だよ、エマ。グラース王より先に君のこの姿を見たこと、あとで恨まれそうだな。妹のハリエットからも、幸せを祈っていると言づけられた。だからエマ、幸せになりなさい。私はいつまでも君の騎士だからね、何かあったら馳せ参じるよ」

ないと信じているけれどね、と微笑みながら告げられる。

「ありがとうございます」

きっかけは、この方の身代わりにストーバルにやってきたことだった。運命の不思議に導かれ、わたしは今、ストーバル国王の妻となる。

王太子に導かれ、エマは歩き出した。グラースの待つ祭壇へと。

祭壇の前に立つグラースは、エマを見て目を輝かせた。エマの大好きな琥珀の瞳が燃え上がるようだ。綺麗だとその瞳で告げてくる。

王太子からエマを委ねられると、もう放さないとばかり強く手を握られ、一緒に祭壇に向き直った。

厳かな聖歌が流れ、荘厳な式が始まる。司祭の言葉に「誓います」と唱和し、「夫婦と成す」という宣言を聞き、ああ、正式に妻となったのだという感激の中、グラースがベールを上げてキスをしてきた。

見つめ合って交わしたキスのことは、一生忘れないだろう。

「愛してるわ」

思わず囁くと、グラースが目を瞠り、そして、

「愛している」

と同じ言葉を返してくれたことも。

祝福の鐘が鳴り響き、エマはグラースとともに夫婦としての一歩を踏み出したのだった。

あとがき

ロイヤルキス文庫様では二度目ましての橘《たちばな》かおるです。

華やかな王宮ロマンスは大好物なのですが、自分で書くとなるといろいろ調べ物がたいへんで（笑）。前作で服装などはけっこうわかるようになったのですが、今作は庭いじりが出てくるので、薔薇の花の育て方や、庭作りなど、ロマンスと全然関係ないじゃんという調べ物が多くて疲れました。

なんで自分、配合肥料の割合なんて調べてるの、と遠い目をしたことも何度か（爆）。薔薇につく病害虫とかも、目から鱗でしたね。

薔薇ってけっこう育てにくいんだと知ったのは、果たして収穫と言っていいのかどうか（笑）。さらに地雷はいつ頃から作られていたのか、なんて調べ物もありました。

ロマンスに地雷ですよ！

地雷が今使われているような形で考案されたのは第一次大戦頃なので今作では使えません、と著者校のときに指摘されたので無駄になってしまいましたけれど。

信管とか炸薬の量とか、ちょっと物騒な調べ物でした。

さてそこで、なんで地雷と思われた方、まだ本文を読まれていないのですね。ぜひ、お手元に一冊（笑）。

素敵なロマンスには、危険が付きものなんですよ。ヒーローがちゃんと守ってくれますけれど。はらはらどきどきのあとの大団円がお約束です。

ちなみに地雷についてですが、橘は使用には断固として反対です。念のため。

さて、今回のイラストは龍胡伯《りゅうこはく》先生です。いろいろご迷惑をおかけしたのに、とても素敵な主役たちを描いていただきました。ラフをいただいたとき、ヒーローはかっこよくて、ヒロインも綺麗可愛くて、うっとりでした。ヒーローの恋敵もイケメンで、思わずふらっとさせられましたよ。ありがとうございました。

担当様には今回もたいへんご迷惑をおかけしました。たくさん助けていただいて、ようやく一冊の本に纏まりました。本当にありがとうございました。

最後に、このお話を読んでくださった読者様。薔薇が取り持つ縁で素敵な恋人を得たものの、陰謀などに巻き込まれてしまうヒロインのお話です。はらはらしながらも、優雅な宮廷生活を垣間見ていただければと思います。楽しんで読んでくだされば幸いです。

それではまた、どこかでお逢いできますように。

橘かおる

ロイヤルキス文庫
Royal Kiss Label

♥好評発売中♥

蜜夜の花嫁
〜皇太子様に魅入られて〜

橘かおる　Ill:gamu

いい声だ、もっと感じて。綺麗な君。

「いじられるの、初めて？」 離宮へ避暑にやってきた活発な公女アナは、川で負傷した男を救う。煌びやかな装飾を纏う麗しい男は隣国の王子フランツだった。目覚めたフランツは助け出したアナではなく、双子の姉アガサへ“命の恩人”と勘違いして口説いてしまう。本当はアナを愛している証と、フランツは甘い唇でアナの心を蕩かせ、無垢な純潔を淫らに散らし、欲望を刻んでゆく……。素直になれずにいたアナも熱い愛撫に幾度も許してしまい!?　蜜夜に誓う濃厚ラブ♥

定価：本体 581 円＋税

ロイヤルキス文庫をお買い上げいただきありがとうございます。
先生方へのファンレター、ご感想は
ロイヤルキス文庫編集部へお送りください。

〒102-0073　東京都千代田区九段北1-5-9-3F
(株)ジュリアンパブリッシング　ロイヤルキス文庫編集部
「橘かおる先生」係　／　「龍　胡伯先生」係

✦ロイヤルキス文庫HP✦ http://www.julian-pb.com/royalkiss/

Royal Kiss Label

国王陛下と薔薇の寵妃
～身代わりの花嫁～

2015年9月30日　初版発行

著　者　橘かおる
©Kaoru Tachibana 2015

発行人　小池政弘

発行所　株式会社ジュリアンパブリッシング
〒102-0073　東京都千代田区九段北1-5-9-3F
TEL　03-3261-2735
FAX　03-3261-2736

印刷所　中央精版印刷株式会社

ISBN978-4-86457-254-5　Printed in JAPAN